あなたの記憶

リアン・バンクス 作

寺尾なつ子 訳

ハーレクイン・ロマンス

東京・ロンドン・トロント・パリ・ニューヨーク・アムステルダム
ハンブルク・ストックホルム・ミラノ・シドニー・マドリッド・ワルシャワ
ブダペスト・リオデジャネイロ・ルクセンブルク・フリブール・ムンバイ

THE MILLIONAIRE'S SECRET WISH

by Leanne Banks

Published by Harlequin Japan, a Division of K.K. HarperCollins Japan, 2024

リアン・バンクス

USAトゥデイのベストセラーリストにも登場歴を持つ彼女は、アメリカのロマンス小説界でナンバーワンの売り上げを誇る人気作家。現在、家族とともに生まれ故郷のバージニアで暮らしている。コミカルでセクシー、かつ読み終えたあとも印象に残るような人物が登場する作品を好むという。そんな彼女を、超人気作家ダイアナ・パーマーも「ハーレクインの作家陣のうちでもっとも優れた作家の一人」だと絶賛している。

主要登場人物

アリサ・ジェニングス……フランス語の通訳。
ディラン・バロー……製薬会社の役員。
ジャスティン……ディランの親友。
マイケル……ディランの親友。
ブラント・レミントン……ディランの異母兄。
ホラス・ジェンキンズ……ディランの会社の研究者。
ミセス・アバナシー……ディランの家の家政婦。
メグ・ウィンターズ……乗馬教室の指導者。

プロローグ

「その日は突然やってくるだろうし、おまえが望んでいるような結果になるとは限らないんだぞ」

「わかっている」ディラン・バローは心から信頼している親友の一人、マイケル・ホーキンズに言った。

「でも、やらなければならないんだ」

「彼女の記憶が戻って、おまえがだれか思い出して、ほんとうのことを告げられていないと知ったら、おまえはもう一巻の終わりだ」マイケルはディランに警告し、みんなにもう一杯ずつ、とバーテンダーに合図を送った。ここはヴァージニア州セントオールバンズにあるバー〈オマリーズ〉だ。

「しかし、厳密に言うと、ディランは彼女に嘘《うそ》をついているわけじゃないよ」ディランのもう一人の長年の友、ジャスティン・ランドンが言った。

「言うべきことを言っていないんだ」マイケルが脅すように声を低めて言った。「ジャスティン、おまえはまだ結婚したばかりだから、怠慢の罪がどんなやっかいごとを引き起こすかわかっていないんだ」

ディランは胃がよじれるような感覚を覚え、ビールをあおった。「アリサには僕が必要なんだ。彼女のお母さんはヨーロッパとロシアに長期旅行中だ。だから、今のところ彼女の力になってやれるのは僕しかいない」

マイケルはため息をついて、首を振った。「彼女が、僕たちにこっそりクッキーを持ってきてくれた、あの幼いアリサ・ジェニングズと同一人物とはとても信じられない。僕たちは〈グレインジャー少年の家〉で暮らしていて、彼女のお母さんはあそこのカフェテリアで働いていた。彼女、覚えていることもあるのか？」

「ところどころ、断片的にね」ディランは言った。「どうしていいのかまるでわからないというふうにも見えるんだが、最近では、そんな自分にいらだって腹を立てているような態度も見せる。医者たちが言うには、いらだつのはごく自然な流れで、落ちこんで鬱《うつ》状態におちいるよりはいい兆候だそうだ」

「彼女は、いつだってなかなかの闘士だったからな」ジャスティンがなつかしそうに言った。

「闘士だって？　彼女は蝶《ちょう》みたいな女性だよ。いつも変わらず繊細で、人の気持ちを傷つけるようなことはぜったいにしなかった」

「しかし、いつだっておまえに負けまいと必死だったじゃないか」ジャスティンが言った。「こわがらずにキャッチボールができるように、どれだけ練習していたか覚えているだろう？　かわいそうに、目のまわりに青あざをこしらえたこともあった」

そのときのことはディランも覚えていた。ほかにも似たような出来事が次々と思い出された。〈少年の家〉で暮らしていたころのディランにとって、アリサはいつも冷たい飲み水のような存在だった。穏やかで、素直で、ほっとさせられた。しかし、いつもそばにいてくれる彼女の存在が、ディランのつまずきの原因だった。自分でも気づかないうちに、彼はアリサに頼り、彼女はいつまでも自分のそばにいて当然だと思いこむようになった。やがて子供時代の友情は花開き、二人は十代の恋人どうしになったが、その直後に、夫を亡くした彼女の母親が再婚して、母と娘は突然、ヴァージニア州から引っ越していってしまった。

アリサを失ったディランは、決して振りはらえそうにないむなしさにとらわれて愕然《がくぜん》とし、もう二度と彼女を頼りにしたようには人に頼るまいと心に誓った。

「おまえとアリサが大学で再会してからの話は、まったく聞かせてもらっていないな」ジャスティンにいきなり言われ、ディランは気持ちを見透かされたような気がして、どぎまぎした。

「うまくいかずに別れたんだ」アリサの涙と、裏切り行為をとがめる彼女の目を思い出しながら、ディランは言った。アリサは人生からディランを締め出し、二度と振り返ることはなかった。ディランは歳月を経て思慮分別がつくにつれ、アリサのような女性は、よほど運のいい男の人生に、それも一度きりしか現れないのだと思い知らされ、つらい思いを味わった。

「そうじゃないかと思っていたんだ。みんなで集まっても、彼女、おまえとはろくすっぽ口もきかないから」ジャスティンはさらりと言い、腕時計に目をやった。「でも、心配するな。今夜はもうこれ以上追及しないから。双子の一人が水疱瘡《ぼうそう》にかかってしまって、我が家は今後一カ月、上を下への大騒ぎになりそうなんだ。エイミーを孤軍奮闘のジャンヌ・ダルクにさせるわけにはいかないから、今日の話し合いも早めに切りあげさせてもらうよ」

ディランは驚きのあまり首を振らずにはいられなかった。結婚もしないし、子供もいらないと言っていたジャスティンは、いつの間にか結婚支持者に転向し、三人の養子たちを目に入れても痛くないほどかわいがっていた。「まったく、おまえの変貌《へんぼう》ぶりには驚かされるよ」ディランは言った。「すべてはおまえの胃潰瘍《かいよう》から始まったんだ」

ジャスティンは顔をゆがめてにやりとした。「そういうこと。エイミーにはいろいろな面で救われたよ。彼女は、放課後に開かれる未就学児のための学習プログラムに寄付金を贈ったのはだれか、知りたがってしょうがないんだ。今のところはうまくごまかしているけれど、彼女ならではの粘り強さに負けて、僕はそのうちぽろっと白状してしまうかもしれない」ジャスティンは言い、いっきにビールを飲んだ。

マイケルは含み笑いをして、わかるよ、というように首をすくめた。「悩みは僕も同じさ。ケイトも知りたがっている。〈ミリオネア・クラブ〉とのかかわりを妻に隠しつづけるのは至難の業だ」

ディランは肩をすくめた。「寄付は匿名で、と最初に決めたが、おまえたちが奥さんに知らせたいと言うなら、僕に異論はないよ」

「いや、とりあえずは、これまでのやり方を続けよう。順番からいくと、次のプロジェクトの担当はおまえだった」マイケルはディランに言った。「どんな具合だ？」

「少しずつだが、着実に進んでいる」ディランは答えた。「〈レミントン製薬〉で生体工学の研究プロジェクトを始めたいと思っているんだ」

「そりゃ莫大《ばくだい》な金がかかるぞ」ジャスティンは言い、ごくりとビールを飲んだ。「僕たちの金だけではたりないかもしれない」

ディランは片手を上げた。「待ってくれ」億万長者になっても、ジャスティンの締まり屋気質は変わらない、とわかっていた。「二人とも、僕の話は知っているはずだ。亡くなって初めてその存在を知った父親から、ほかの遺産といっしょに〈レミントン製薬〉の役員の座を譲られたんだ。それを知って、ほかの役員たちはかんかんに怒っていたから、僕はこれまでずっと役員会には顔を出さなかったし、会社の方針にもほとんど口を出さなかった。決定事項にはすべて賛成してきた。これから、その見返りをもらおうというわけだ」

マイケルは驚きと賞賛をこめてディランを見つめた。「この策略家め」そう言って、にやりとする。「おとなしい人間と見せかけ、貸しを作り、満を持していっきに生体工学の研究プロジェクトを実現させようっていうんだな。うまい手だ」

ディランはそれを最高のほめ言葉と受けとめた。マイケル自身も、インターネットの新規事業を始めて億万長者になった人物なのだ。ディランは生まれつきのおっとりした性格のせいで、まわりから自分の地位や富や野心に無関心な人間だと思われることもあった。しかし、彼には彼なりの人生の目標があり、苦い経験を経て、ほんとうに大切なことからは気持ちをそらしてはならないと学んでいた。「最初から決めていたんだ。自分にとってほんとうに大事なことを勝ち取る闘いに備えて、エネルギーは蓄えておこうとね」

マイケルはうなずいた。「アリサを自分の家に連れていって静養させるのも同じ戦法か？」

「そうだ」ディランは答えたが、生体工学プロジェクトよりアリサの件をうまく進めるほうがむずかしそうに思えた。アリサを振り向かせるチャンスはこれが最後だと、痛いほどわかってもいた。

「それで、どうなると読んでいるんだ？　記憶喪失から回復する間、手厚く看病して、彼女から永遠の感謝の念を勝ち取るのか？」

「永遠の軽蔑《けいべつ》の念から考えれば、永遠の感謝の念は進歩だ」この数年間ずっと、アリサが自分を見てもくれなかったことを思いながら、ディランはぼそっと言った。しかし、感謝の念だけでは満足できない。ディランはビールを飲みながら、これからしようとしていることの正しさをひしひしと感じていた。

「ぜったいにやらなければならないことだと、これほど確信していることはないよ。やがて彼女に嫌われるとしても、今、彼女には僕が必要なんだ」

1

私はおしゃべりだったのかしら？　そうじゃなくて、無口？

浮気っぽい女だった？　男の人をじらして楽しむタイプ？

それとも、上品ぶった女？

彼女は病院のバスルームの鏡をのぞきこみ、そこに映っている姿と自分を重ね合わせ、ぱっと電球に明かりがともるように、いっきにすべてが思い出されるのを待った。緑色の目、まっすぐに伸びた金髪、治りかけの複雑な色合いのあざがいくつか額にあるのをのぞけば、肌にくすみはない。ところどころ髪が逆立っているのは、外科医に頭の傷を縫われたせいだ。

自分の名前はアリサ・ジェニングズだと聞かされていた。企業のフランス語の通訳として働いていたというから、フランス語会話が堪能《たんのう》なのだろう。なにもすることがなくてふさぎこんでいた日、見舞い客が絵の道具を持ってきてくれたので使ってみたら、絵心はないわけではないとわかった。

年は二十六歳で、身長は百六十八センチだということも知っていた。しかし、自分自身について知らないことは本一冊分はあるだろう。自分について知らないことを考えると、叫びだしたくなる。実際につい最近、病院の精神科医に診察を受けたときは、少しだが金切り声をあげてしまった。それでも、精神科医がまったく動じないので、アリサは昼食のトレイを壁に投げつけたくなった。

今は知っていることはわずかだが、自分の性格や生い立ち、短所や長所を知れば、元気がわいてくるとわかっていた。その元気が自分にないのが腹立たしい。

次々と浮かんでくるクエスチョンマークも憎らしい。いったい私はだれ？　意地の悪い、わがままな女？　窮地におちいったそもそもの原因を考えると、どうしようもなく意地の悪い人間ではなかったかもしれない。私は小さな男の子が飼っている犬を追っていたのだから。

じゃあ、間抜けな女なの？　間抜けより意地悪なほうがまだましかもしれない、と彼女は思った。

アリサはすべての疑問に対する答えを、今、この場で求めていたが、どんなに必死に探索しても、脳がいっさいの反応を拒んでいた。

アリサはあきれたようにくるりと目をまわし、鏡の中の自分に向かって舌を突き出した。「うんざりだわ」

「どこか痛むのかい？」そう尋ねる男性の声が背後から聞こえた。

だれの声か、アリサにはすぐわかった。ディランが話してくれた、何年にもわたる二人の友達付き合いのことはまったく覚えていなくても、入院してから毎日見舞いに来てくれるから、声を聞けば、ディランだとわかる。

アリサは急いでバスルームから出た。「壁に頭をがんがんぶつけたら、私のとぼしい記憶からなにかこぼれ落ちるんじゃないかって思っていたの」

実際にアリサが壁に頭をぶつけている姿を想像して、ディランは縮みあがった。「頭はもうじゅうぶんにぶつけたはずだろう」彼は片手を上げ、アリサの額のあざにそっと指先で触れた。

アリサはじっと立ちつくし、自分に触れているディランを見つめた。ディランは彼女より十五センチ近く背が高く、肩幅も広くて、バランスのいい体形をしている。茶色の髪が日に焼けて金色に輝いているのは、屋外で過ごす時間が長いせいだ。スポーツ選手のように優雅な身のこなしや、いかにも男性らしい大らかでざっくばらんな魅力に、病院の女性スタッフの多くが興味を持っているのは、アリサも気づいていた。どんなに無邪気にほほえんでも、彼のはしばみ色の目はあくまでも誠実そうで、知性がにじんでいる。

　要するに、アリサの長年の友人は魅力あふれる刺激的な男性で、彼女はどうして自分が彼にのぼせることなく単なる友人でいられたのか、不思議だった。いつか彼にきいてみよう、とアリサは思った。おかしな質問をするのは記憶喪失のせいにすればいい。災難にもよい一面はあるものだ、と皮肉っぽく思う。

「準備はいいかい？」ディランが尋ねた。

　アリサはため息をついた。ディランの申し出で、退院後は彼の家で静養をすることになっていた。自分のアパートメントに戻れるほど体力があれば、と思ったが、ふだんのペースで生活をするにはまだ少し時間が必要だと自分でもわかっていた。「いつでも出られるわ。私って、いつもこんなにいらついていた？」

　ディランはさぐるような目をしてアリサを見つめた。「いらつく？」

「自分のことがなにも思い出せなくて、いらいらするの。すぐに疲れて、午後は昼寝をしなければならない自分がたまらない」アリサは言い、小さなトートバッグをつかんだ。

　ディランがバッグを引き取ろうと手を伸ばす。アリサはそれを拒んだ。

　ディランはきゅっと唇を引き締めた。

　二人は並んでエレベーターに向かった。アリサがナースステーションの看護師たちに手を振る。挨拶《あいさつ》はすでにすませていた。彼女たちの親切は一生忘れない、とアリサは思った。

「いらついていた、というのは違うな」ディランは言い、エレベーターのボタンを押した。「君は自分の世界をしっかり把握しているのが好きで、今はそれができない」

二人でエレベーターに乗りこみながら、アリサはちらりとディランの顔を見た。ドアが背後で閉まる。

「いらついていた、というのじゃなければ、どんな表現がふさわしい？」

「独立心旺盛《おうせい》。ときに大胆不敵だった」

「後者の場合、トラブルに巻きこまれたこともあったでしょうね」

「二、三度は」

それは恋愛に関するトラブルだろうか、とアリサは考えた。「私、男の人に対してはどうだった？」

ディランはぎくりとして繰り返した。「男の人に対して？」

「そう。男性に対して大胆だった？　自分が結婚していないことはわかっているわ。でも、婚約したことは？　恋愛で傷ついたことはあった？　土曜日の夜も家にいて、一人でおとなしく過ごすタイプ？　それとも、とっかえひっかえ付き合う男性を変えていたのかしら？」

アリサの質問に、ディランはみぞおちのあたりがこわばるのを感じた。「一度婚約したが、君のほうから破棄した。胸が張り裂けるような思いをしたことも、一度はあったかもしれない」その原因はほかでもない僕だと思いながら、ディランは続けた。「家でおとなしくしているタイプではなかったと思うが、ここ数年の君の恋愛に関して、僕はあれこれ言える立場にないんだ。君はほとんど話してくれなかったから」

「秘密主義ってこと？」アリサは言った。「つまらない。それで、私が胸の張り裂けるような思いをしたのは、どういうわけ？」

「君はまだ若かった。相手も未熟で、君と分かち合っていることの大切さを理解しなかったんだ」

「その相手は私にふさわしくなかったと言っているのね」

「そうだ」また自分の話だ、とディランは思った。

「君は彼を捨て、彼がよりを戻そうとしても、見向きもしなかった」

「正解だわ」アリサは自信満々に言いきった。

ディランはおかしさと同時に、かすかに胸の痛みを感じた。アリサは自分が何者かわからなくなっているかもしれないが、多くの面で少しも変わってはいない。今も無意識のうちに、彼がだれか思い出したら、ふたたび彼に背を向けると告げたのだ。彼女の気持ちを変えるチャンスは万に一つもなさそうに思えたが、彼女の気持ちを変えることが自分の目的ではない、とディランは自分に言い聞かせた。僕がやろうとしているのは、彼女が心身を回復させられるような環境を提供することなのだ。

エレベーターを降りると、アリサはくるりと振り返ってディランを見た。緑色の目が彼の目をのぞきこむ。彼女の目には、この数年ディランが苦しめられてきた冷ややかな無関心ではなく、やさしさとユーモアが宿っていた。

「アリサにアリサの歴史を教えるなんて、そのうちうんざりするかもしれないけれど」ハスキーな声で警告されて、ディランはどぎまぎした。「約束してちょうだい。私にうんざりしたら、そう言うって」

ディランは笑いを噛《か》み殺した。目の前にいるこの女性にうんざりすることができたら、僕の恋愛生活はもっとずっと充実したものになっていたはずなのだ。「約束する」ディランは言い、車をとめたところまでアリサを導いていった。

「すてきなおうちね」プールを見渡すポーチでレモ

ネードを飲みながら、アリサは言った。気温は高く、今すぐにでも泳ぎたくてたまらなかった。

「君のために買いそろえたものの中に、水着もあるんだ」ディランは言った。

アリサはにっこりした。「ばれちゃったわ。よだれを垂らしていたのが見えた？」

「いいや。でも、今着ている服より水着のほうが、水に飛びこんだときに気持ちがいいんじゃないかと思って」

またしても答えられない疑問が浮かび、アリサはかりかりしながら立ちあがった。「自分が泳げるのはわかっているけれど、どのくらいの腕前なのかはわからないわ」

ディランは肩をすくめた。「君は泳ぎは上手だよ。でも、いきなり深いところに飛びこむのはよしたほうがいい」

アリサは少しだけ気持ちが楽になった。「変に聞こえるかもしれないけれど、あなたといると、記憶喪失だってことがそれほど苦じゃなくなるわ」

ディランは疑わしげにアリサを見た。「どういうことかな？」

「自分についてろくに知らなくても、たいしたことじゃないって思えるの」

「危機はもう乗り越えたんだ。君は死にはしなかったし、これからはよくなる一方だよ。頭の中が少しかき乱されただけだ」そう言って無邪気に白い歯を見せて笑っているディランを見れば、女性ならだれでも心臓が引っくり返ってしまうだろう。

でも、私は違う。胸の奥の奇妙なときめきを無視して、アリサは自分に言い聞かせた。「けど、頭の中がちゃんと元どおりにならなかったら？」

「少なくとも、大事なところは元どおりになるよ」

ディランにさらりと保証され、アリサはなんとなく安心した。頭の中を元どおりにする作業はあまりにつらく、たまに目の前が真っ暗になった。しかし、将来に希望を持っているときは、いつも前方にディランの姿が見え、アリサは自分について知りたいのと同じくらい、彼について知りたい気持ちが芽生えるのを感じていた。

プールを何度か往復するうちに、骨までしみるような耐えがたい疲労感に襲われ、アリサはやっとの思いでプールサイドに体を引きあげた。はあはあと肩で息をする。体の上を影が横切り、見あげると、すぐそばにディランが立っていた。

「二百メートルもいっきに泳いだりして。最初は軽く一、二往復するだけにしようとは思わなかったのかい?」

アリサは、自分の手から数センチと離れていないディランの素足に視線を落とした。「ぜんぜん。私のことはほうっておいて。ここで静かに倒れているから」

「うちの敷地内でそんなことはさせられない。あそこの日陰にあるラウンジチェアまで運んでいってあげようか?」

アリサは首を振り、自分の体力のなさを恥じながらラウンジチェアを見た。「けっこうよ。少し休めば……」ディランの一方の腕が両膝の裏に差し入れられ、もう一方の腕に背中を支えられて、アリサは口をつぐんだ。「ほんとうに、そんなことしなくても……」言いおわらないうちに、彼女はディランに抱かれてコンクリートのプールサイドを横切り、ラウンジチェアに寝かせられた。

自分が情けなくて、アリサは手で目をおおった。目の奥が熱くなって、涙がこみあげてくる。ディランがくぐもった声で毒づくのが聞こえた。

「プールサイドに戻してほしいのかい?」

アリサは首を振ったが、目はまだおおったままだ。

涙が一筋、頬を流れ落ちる。

「アリサ、なにかヒントをくれないか？　僕はどうしたらいい？」

アリサは浅く息をして、胸の奥の耐えがたい感情を振りはらおうとした。「知らないの？　くたくたに疲れると、子供は泣くのよ」

「そんなこと、今まで考えたこともなかった」

「私はただ、昼寝をしなくても、ふつうに一日を過ごせるようになりたいだけ」アリサは言い、頬の涙をぬぐってディランを見あげた。

「時間がたてば、そうなるさ」ディランは言った。「でも、君は四週間も病院のベッドに横たわっていたんだから、オリンピック大会に参加するのはもうしばらく待たなければ」アリサがなにか言おうと口を開けたので、ディランは片手を上げて制した。「うちに来てもらったのは、君が健康を取り戻せるようにと思ってのことだ。君の体は大変な試練を経てきた。のんびりかまえて、自分をいじめるのはやめたほうがいい」

「でも、私はもっと強くなりたいの」思いどおりにならないもどかしさがふたたびこみあげ、アリサは言った。

「わがままを言っても、強くはなれないよ」

「私にお説教しているの？」

「そう、それが僕の特権だからね。僕が君の……」ディランは目を細めた。「友達になって以来ずっと。とにかく、のんびり慎重にやることだ」

「のんびり慎重にやりたくなかったら？」

「今みたいにばててしまうか、病院に逆戻りか、どちらかだろう」ディランはふたたび小声で毒づいた。「医者から、君は気むずかしくて扱いに苦労するかもしれないと言われてはいたが、これほどとは思っていなかったな」

アリサはぽかんと口を開けた。「気むずかしい？

どこが？」

「理屈っぽくて、感情的で、いらついていて、質問ばかりしている」

かっと頭に血がのぼった勢いに助けられ、アリサは立ちあがった。「私、気むずかしくなんかないわ。自分についてよく知らないかもしれないけれど、私は気むずかしくないし、理屈っぽくもないし、感情的でもない」

ディランの目を見たとたん、アリサはみるみる自信がしぼんでいくのを感じた。冷静に考えれば、自分は気むずかしくて、理屈っぽくて、感情的だと気づいて、なにも言えなくなった。

「気むずかしくなんかないわ」アリサは自制心をかき集め、穏やかに言った。「ただし、一カ月も入院したあとで、記憶喪失から回復中のときだけは別よ」さらにきっぱりと言った。「たしかに気むずかしいかもしれないけれど、手に負えないってほどじゃないわよ」

唇を噛んで、笑いをこらえていたディランが言った。「僕がここに来たのは、料理人が夕食のメニューに魚の胡椒《こしょう》焼きを予定しているからなんだ。君がスパイシーな料理が好きかどうか、彼女は知りたがっている」

アリサは一瞬、目を閉じ、スパイシーな料理のことを考えた。自分が香料のきいた料理を好むことは本能的にわかった。医者からは、食べ物の好みなどはたいてい思い出せるだろうが、朝食になにを食べたとか、鍵《かぎ》をどこに置いたかなど、直前の行動を思い出すのに骨を折るかもしれないと言われていた。短期記憶の欠如は、ただでさえすり切れかけている彼女の忍耐力をさらにずたずたに切り刻んだ。そんな記憶障害を少しでも克服しようと、アリサはクロスワードパズルを解き、必要なことはメモに書きつけていた。

アリサはディランを見つめ、彼に負けないでついていくにはレーザー光線のように鋭くなる必要があると覚悟した。きっとやりとげてみせるわ。

「ええ、好きよ」アリサはようやく口を開き、答えを待ちかねているようなディランの目を見つめた。

「どうしてわかるかはきかないで。とにかく、わかるの」彼女は言い、自分の部屋に向かって歩きだした。いずれにしても、昼寝をすれば、気力もわいてくるかもしれない。

「無口なんだね」夕食のあと、テラスの椅子に腰かけながらディランが言った。「疲れているのか……むくれているのかな？」

「どちらでもないわ。私、むくれたりするような人間じゃないと思う。考えていただけよ。食事の前に、仕事のことで思い出したことがあって」

食後のウイスキーに口をつけ、ディランはアリサにちらりと視線を向けた。「なにを思い出したんだい？」

「私が通訳をしていたフランス人で、アメリカへ来るたびに、しつこく私につきまとう人がいたの」

「それで、君は？」

「このままでは私の胸は張り裂けてしまうとかなんとか、冗談を言ってごまかしたわ。彼は私を追いかけて楽しんでいたんだと思うの。たいていの男の人って、少しはそういうところがあるみたい」

「少しはそういうところ、とは？」

「女性と真剣に付き合うことを楽しむよりも、追いかけることを楽しむっていうこと」アリサはちらりとディランを見た。「あなたもそう？」

ディランはウイスキーを飲みこみ、質問にとまどったかのようにぐるぐると肩をまわした。「女性を追いかけたことはあまりないから」

あいまいな返事に好奇心をそそられ、まじまじとディランを見つめていたアリサは、やがて、はっと気づいた。「あなたは追いかけるんじゃなくて、追いかけられるほうなのね。驚きはしないわ。あなた、ハンサムだし、お金持ちだし、救いようのない間抜けでもないし」

ディランは横目でアリサを見た。「たいしたほめようだ」ぼそっと言う。「追いかけられるのも、いいことばかりじゃないぞ」

アリサは声をあげて笑った。「かわいそうなディラン。いつも女性たちに囲まれて。さぞかし恐ろしいでしょうね」

「僕が女性に囲まれているように見えるのかい？」ディランは尋ねた。「僕には、たった一人の女性に困らせられているように見えるけど」

アリサはふたたび笑い声をあげた。「あなた、いつも女性に追いかけられているの？　それってどんな感じ？　あなたは昔からずっとハンサムで魅力的だったの？」

ディランが唇を引きあげるようにしてセクシーにほほえむのを見て、アリサは胸がどきどきした。

「ハンサムで魅力的。またしても、たいしたほめようだ。いつも女性に追いかけられていたかって？　デートの相手を見つけるのは簡単だったと言うにとどめよう。なぜかって？　こっちがききたいね。でも、一つだけ大切なことを学んだよ。量より質が大事だっていうこと。何人ものふさわしくない女性に追いかけられるより、ふさわしい女性一人に追いかけられるほうがいい。ふさわしい女性に追いかけられたら、あっさりつかまるつもりだ」

「でも、ふさわしい女性を手に入れるために、あなたが追いかけなければならなかったら？」

ディランの目が急に真剣になった。「追いかける」男らしく静かに断言され、アリサの末端神経は妙な反応をした。

さらにいくつもの質問が頭に浮かんだが、アリサは今はまだその答えを知りたくないような気がした。この男性について知りたいことは一晩や一カ月ですべてわかるわけがない。彼女はディランのウイスキーグラスに手を伸ばした。「飲んでもいい？」

ディランの顔に驚きがよぎった。「どうぞ」

アリサは一口飲み、喉が焼けるような感覚を味わった。

「気にいった？」

顔をしかめて、アリサは首を横に振った。グラスをディランに押し返す。「こんなものがどうして飲めるの？」

「習い覚えて好きになるものなのさ。二十五年もののウイスキーだ」

「大砲をぶっぱなして、うめちゃえばいいんだわ」

アリサは言い、ディランが笑うのを見て、うれしくなった。

彼なら、どんな女性でも振り向かせることができるだろう、とアリサは思った。一瞬、自分もその一人になるのではと不安になったが、すぐにその可能性を打ち消した。二人は友達だとディランは言っていたが、彼のような男性と友達付き合いをして、それ以上求めずにいられる女性がいるとはとても信じがたかった。きっとなにか理由があるに違いない。アリサは近いうちにその理由を聞き出すつもりだった。

悲鳴が聞こえたような気がして、ディランは深い眠りから目覚めた。ベッドに上半身を起こす。ふたたび悲鳴が夜の静寂を引き裂き、彼はすぐにベッドから出て、廊下を歩いてアリサの寝室へ向かった。彼女が悪夢にうなされる可能性は、医者から聞いて知っていた。

ノックもせずに部屋に入ると、窓から差しこむ月明かりを受け、アリサがベッドに体を起こして頭をかかえているのが見えた。彼女の乱れた呼吸音が聞こえ、ディランは胃袋がねじれて引っくり返ったような気がした。

「アリサ」驚かせないように、ディランは低い声で呼びかけた。それからベッドの彼女の隣に腰かけた。

「ごめんなさい」アリサは震えながら言った。「いやな夢を見たの。目が覚めているときは、事故のことはほとんど思い出さないんだけれど、ときどき悪夢を見るの。その夢の中で、私はいつも、小さな男の子の飼っている子犬が通りに飛び出すのを見ているの。男の子は松葉杖《づえ》をついていて、どういうわけか、私はその犬が彼にとってかけがえのないものだってわかってる。私が犬を追いかけていくと、大きな四輪駆動車が猛スピードで角を曲がってきて、私は早く犬に追いつこうと必死なんだけれど、思いどおりに走れなくて……」

「その男の子はティミーだ」ディランは言い、アリサを胸に抱き寄せた。アリサは強い女性だと知っているが、今の彼女は信じられないほど弱々しく感じられる。「近所に住んでいる小児麻痺《まひ》の子で、君はシングルマザーの彼の母親に息抜きをさせてやろうと、たまにティミーの面倒を見ていたんだ。そして、君は彼の代わりに犬を追った」

「私が入院中、自分で描《か》いた絵を送ってくれたわ、彼」アリサは深々と息をついて、かすかにほほえんだ。「子犬は無事だったんでしょう?」

「無事だった」ディランは低い声で言った。アリサの髪に指を差し入れてとかすと、指先が傷の一つの縁に触れた。アリサが事故にあった直後の恐ろしい記憶がよみがえり、胸が締めつけられる。彼は永遠にアリサを失っていたかもしれないのだ。たとえいっしょに人生を送るチャンスを自分でふいにしたとしても、ディランは彼女がこの世に存在しているとわかっているだけで、将来に希望が持てた。

「あの夢を見るたびに、こわくてたまらない。こわがるのは嫌いよ」

驚くにはあたらない。子供のころのアリサを思い浮かべながら、ディランは思った。彼女はいつも恐怖心を克服しようと闘っていた。「君が眠るまで、話をしてあげようか？」

「子犬も四輪駆動車も出てこない話？」

ディランはうなずいた。「子犬も四輪駆動車も出てこない。昔々、親を失った男の子たちと仲よしの小さな女の子がいました。毎日毎日、女の子は男の子たちが野球をするのを見ていました。女の子も野球がしたかったのですが、男の子たちは仲間に入れてくれません」

「どうして？」

「ボールをキャッチできなかったんだ」

「まあ」アリサは顔をしかめた。「それは問題ね」

「そう。女の子もそれが問題だと考えた。そこで、男の子の一人を説得して、キャッチボールを教えてもらうことにしました」

「どうやって説得したの？」

ディランは、アリサが必死に懇願し、泣きつき、最後には交換条件を持ち出したのを覚えていた。

「その話はまた今度」

アリサはほほえみ、ディランに抱かれたまま、体の力を抜いた。「いいわ。それでどうなったの？」

「ボールをこわがる女の子に、その男の子は、ボールをこわがるのをやめないと野球の仲間に入れてもらえないよ、と言いました。そして、男の子と女の子は来る日も来る日もキャッチボールの練習を続け、やがて女の子は少しずつうまくなっていきました。女の子がずいぶんうまくなったのを見て、男の子たちはある試合に女の子を出してあげることにしました」

「よかった」アリサは言った。

「まだ続きがあるんだ」

「あら、じゃあ、最後まで聞かせて」

「その最初の試合で、矢のような打球が女の子を襲いました。女の子はボールをよけませんでしたが、グローブをかまえるのが遅すぎました」

何年も前のあの日、ディランが首をすくめたのと同じように、アリサは首をすくめた。「ああ、大変」

「ボールは目を直撃しましたが、女の子はなんとかボールを受けとめました。男の子たちは躍りあがって喜び、彼女をほめたたえました。女の子は涙を流すまいと必死でしたが、それは無理というものでした。女の子の目はみるみる腫《は》れあがり、キャッチボールを教えた男の子はなんてばかなことをしてしまったんだろうと後悔しました。彼女はもう二度と野球はしないだろうと思い、そうなれば彼女はもうけがをしないから、そのほうがいいかもしれないとも思いました」

ディランは、アリサがけがをするのを目のあたりにしたときのみじめな思いを覚えていた。彼女の腫れあがった目を見ると、罪悪感で息がつまりそうになった。

「キャッチボールを教えなければ、彼女がけがをすることはなかったんだ」そのときの後悔の念を昨日のことのように思い出しながら、ディランは言った。

「でも、そうなれば、彼女は勝ったときのわきたつような感激も知らず、自分が望むもののために全力を尽くす大切さも学ばなかったはずよ。勝利の喜びって癖になるのよね。彼女はまた野球をしたんでしょう？」

「ああ、したよ。彼女は恐れることが嫌いだった。君は、自分がなにかを恐れているという状態に我慢ならなかったんだ、アリサ。だから、いつも恐怖心を克服しようと闘っていた」

悪夢のせいでこわばっていたアリサの表情がふっとゆるんだ。「つまり、変わらないこともあるということね」

「そうだ」アリサの自分に対する態度もその一つだろうと思いながら、ディランは応じた。そして、アリサが目を閉じ、眠りに落ちていくのを感じた。彼の腕に頭をもたせかけ、かすかに口を開けて眠っているアリサを見つめながら、ディランは思わず胸が熱くなった。彼は、アリサに信頼されることがどんなに大切か、彼女を失って初めて気づいたのだ。今の彼女はディランを信頼している。しかし、彼女は毎日のように新たな記憶を取り戻している。今は、彼女が記憶を取り戻し、健康を回復するように励ますのがディランの務めだ。なんと皮肉な運命だろう。結局はアリサが自分から去っていくことになる、その理由に向かって彼女を導かなければならないとは。

2

「今日、私のアパートメントに行ってみたいの」朝食をとることになっているテラスでディランと顔を合わせるなり、アリサは言った。

　頭のてっぺんから爪先までまじまじとディランに見つめられ、アリサは自分が女だということを痛いほど意識した。彼の視線はどんな女性にもそんな影響力を持つのだろうかと考えたが、そうとしか思えなかった。値踏みしながら誘惑するようなあの視線。はだけたシャツの襟元から日に焼けた筋肉質の胸がのぞき、腕まくりをした袖《そで》からたくましい腕が突き出している。昨夜、おびえていた私はあの腕に抱かれたのだ。そう思うと、アリサは全身から力が抜けていくような気がした。さらに、自分でも説明できない感情がふいに喉元にこみあげ、あわててのみくだす。彼の目の前にいると、どうしてこんなにいろいろな感情がわいてくるのだろう？

「了解」ディランは言った。「アパートメントまで連れていってあげよう。その前に食事をするだろう？」

ディランから美しくととのえられたテーブルへと注意を向け、アリサはにっこりした。「ええ、先に食事がしたいわ。おなかがすいているのが見え見えでしょう？」

ディランは肩をすくめた。「君のおめかしショーツより見え見えだ」

アリサは目をぱちくりさせてディランを見た。あるイメージがさっと脳裏をかすめる。「おめかしショーツって、ヒップのところにフリルがついている、あれ？　私、ピンクのを持っていたわ」

「そう。赤いフリルのついた白いのも持っていた」

アリサはとがめるようにディランを見た。「どうして知ってるの？」

「見たから」当然だろうと言わんばかりだ。

好奇心をそそられ、アリサはディランと並んでテーブルにつき、バスケットからクロワッサンを手にとった。「物干しロープに干してあるところを？　それとも、私がつけているところを？」

「もちろん、君がつけているところを」

おめかしショーツをつけた姿をディランに見られるなんて、それ以上に恥ずかしいことがあるだろうか？　アリサは思わず身もだえしそうになった。

「わざと見せたわけじゃないはずだわ。そうならざるをえない状況だったのよ」

「そうとも言える」

アリサはオレンジジュースの入ったピッチャーをつかみ、ディランと自分のグラスについだ。「わかったわ。降参するから教えて。そうならざるをえない状況って、なに？」

「君はいつも、男の子たちと同じことをしないと気がすまなかった」ディランは言い、シリアルの入ったボウルにミルクをついで、マフィンをつかんだ。

「で、今回、男の子たちはなにをしていたの？」

「あれは冬のことで、雪が降っていた。僕たちはカフェテリアからトレイを持ち出して、橇《そり》代わりにして遊んだんだ。君のお母さんはそれは怒って、僕には一カ月間、病人用のオートミールのおかゆを出すんじゃないかと思ったよ」ディランは首を振った。

「君もトレイに乗りたがったが、教会から戻ってきたばかりで、よそゆきのワンピースを着て、ハイソックスをはいていた。だから、僕らは言ったんだ。君は女の子でワンピースを着ているから、トレイには乗れないってね」

「結末が読めた気がするわ」アリサは言った。「私はあなたたちの考えが間違っているのを証明してやろうと決めて、トレイに乗って坂をすべりおりた」

ディランはうなずいた。「問題は、君の操縦技術がちょっとたりなかったことだな。やがてトレイがくるくるまわりはじめて、君は雪の吹きだまりに頭から突っこみ、フリルがまる見えになったというわけだ」

アリサは一口クロワッサンをかじり、飲みくだした。「ぜんぜん覚えていないけれど、今、話を聞いただけでも恥ずかしいわ。あなた、そのことをねたに、さんざん私をからかったに違いないわ」

ディランは黙ってうなずくと同時に、ボウルのシリアルを食べおえた。

「私、ひそかにあなたを嫌っていたんじゃない？」

ディランは首を振り、まっすぐアリサを見つめた。

「君は僕が大好きだった」きっぱりと、誘いかけるように言われて、アリサはぞくぞくして膝に力が入らなくなった。

座っていてほんとうによかった、とアリサはほっとした。「どういう理由で好きだったのか、想像もつかない」口から出まかせを言い、クロワッサンをかじる。

「君はまるで子犬みたいに僕にまつわりついて離れなかった」

「ぜんぜん覚えてないわ」

「雨の中、僕と遊んでいて、お母さんに怒られたこともあった」

あるイメージがぼんやりと頭に浮かび、アリサは言い返そうと開きかけた口を閉じた。目をつぶると、水たまりをばしゃばしゃ踏みつけている男の子と女の子が見える。「あなた、テニスシューズをはいていたわ」アリサは言った。「私は、黒いエナメルの靴をだいなしにしちゃったのよ。あなたの髪、ずいぶん長かった」必死に記憶をたぐり寄せながら言う。

「いつもそうだった。〈少年の家〉では三カ月に一度、散髪してくれたけれど、僕の髪は雑草みたいに伸びるのが早かったから」

「あなた、私に迷彩模様のレインコートを貸してくれたのよ」

「でも、君の靴を守るたしにはならなかった」

アリサは目を閉じたままだった。母親ががみがみ怒っている声が聞こえ、幼いアリサは心の中でにんまりしている。またディランと冒険しちゃったわ。

アリサは目を開けた。「あなたって、いつも私を悪の道へ誘いこんでいたの？」

「僕はただ、ちょっとした楽しみを手に入れる方法を教えていただけさ」

そのとたん、アリサの体をなにか熱いものが駆け抜けた。大人の楽しみも教えてもらえるかもしれないという、みだらな思いが頭をかすめる。その瞬間、アリサは頭に浮かんだ思いを打ち消した。冷えたオレンジジュースをごくごく飲み、今は体を治すことに集中しなさい、と自分に言い聞かせる。ディランとのセックスのこと以外なら、なんでもいい。そちらに気持ちを向けるのよ。

「朝食、おいしかったわ。私、まだあなたの料理人さんと顔を合わせていないの。透明人間なのかしら」

「テーブルをととのえると、さっといなくなるのが好きなんだ」

「そのうち、彼女が隠れ場所から出てきたら、お礼を言うことにするわ」

「そのときは紹介するよ」

「よかった」アリサは深々と息をした。「もういつでもアパートメントへ行けるわ」

ディランの口がきゅっと真一文字に結ばれ、アリサには彼の目がなにかとらえがたい感情をたたえて陰るのがわかった。「じゃあ、行こうか」ディランが言うのを聞き、アリサは不吉な予感がするのはなぜだろうと不思議に思った。

「壁に絵の一枚も飾ってないのね」自分のアパートメントの中を歩きながら、アリサは不満そうに言った。自分の性格が手にとるようにわかるなにかがあればいいと、期待に胸をふくらませていたのだ。

「君のこれまでの人生を示してくれる広告板があると期待していたんだろう」ディランがさらりと言った。

アリサはちらっとディランを見た。どうして私の心が読めるの？「そういうものがあればいいと思ったんだけれど」

「君はここに越してきて、まだ間がないから」ディランはアリサに思い出させた。

キッチンのカウンターに手帳が開いて置いてあるのに気づき、アリサはさがし求めていた宝物を見つけたかのように急いで飛びついた。「これって、日記みたいなものだわ」ぱらぱらとページをめくる。「忙しい子だったのね。火曜日の夜にホーキンズ家でバーベキュー、ポールとランニング」アリサは言葉をとめた。「ポールってだれ？」

ディランは肩をすくめ、アリサの肩ごしに手帳をのぞきこんだ。「わからない。〈少年の家〉でボランティア活動」声に出して読み、書きこみを指さす。「フランスに出張」アリサは読みあげ、ため息とも悲鳴ともつかない声をあげた。「事故の一週間後に出発する予定だったんだわ。今となっては悲劇としか言いようがないわね」彼女は先月のページをめくり、眉を寄せた。「母のことがなにも書いてない。たしか……」頭がくらくらして、思わず口をつぐんだ。「母とはクリスマスに会ったのよ」記憶の断片が一つにまとまらず、じれったい。「私に腹を立てていたわ」きゅっと胸が痛んだ。母親にいやな思いをさせたと思っただけで、アリサの気持ちは沈んだ。だが、記憶をきちんとさせると決意したのだ。「私が婚約を破棄したのが気にいらなかったのよ」

「ああ、あの上院議員のことか」ディランは言った。「君たちが別れたことでお母さんが気を悪くしたとしても、僕は驚きはしないよ」

「なぜ？」

自分とアリサがキスをしているのを見て、彼女の母親がどんなに取り乱したか、ディランは覚えていた。しかし、期待をこめてアリサに見つめられ、そんなことは黙っているほうが親切だと判断した。

「お母さんはいつも、君は最高の男性にこそふさわしいと思っていたからだ。名声と権力にあこがれ、君がそれを手に入れることを望んでいた」

「ふうん」アリサは言い、ぱたんと手帳を閉じた。

「私はそれほど彼を望んでいなかったんだわ。婚約のことをすべて覚えてはいないけれど、結婚するほど彼を愛していなかったから、婚約を破棄したのよ」彼女はため息をついた。「いい人だったっていう気はするけれど」そして、廊下を指さした。「寝室が見たいわ」

　ディランはほっとしてシャツの襟元を引っ張り、アリサが廊下の角を曲がっていくのを見ながら、次はなんだろうと思った。彼女の記憶は目にもとまらぬ速さでよみがえっているようだ。次になにを思い出しても不思議はない。胃袋がぎゅっとこわばる。次は僕のことかもしれない。ディランはしっかりと心の準備をすると、ゆっくり廊下を歩いていって、彼女の寝室をのぞきこんだ。

　クローゼットのドアが開け放たれ、アリサは引き出しを二つ開けて、中を引っかきまわしていた。しかし、ディランの視線は寝室の装飾に釘《くぎ》づけになった。アリサはアパートメントのほかの部屋を無視して、寝室の内装だけに力を入れたに違いなかった。一番に目を引くのは、四隅に支柱のある真鍮《しんちゅう》製のベッドで、天蓋《てんがい》には白くて薄いカーテンが巻きあげてある。白とクリーム色のベッドカバーは、ディランが見たこともないほど高級なシルク地だ。ベッドわきのテーブルには、クリスタルのランプと、その横に数冊の本が積み重ねてある。どんな本を読んでいるのだろう、とディランは好奇心を刺激された。

　カバーの上にふくらんだクッションが無造作に置いてあるベッドが気になって、ついついディランの視線はそちらに吸い寄せられた。あの夢のようなベッドをアリサと分かち合い、彼女の夢想の一部を現実にしたのはどんな男だろう。

　そう思ったとたん、体の奥でなにかがうなり声をあげた。ディランは深呼吸をしてアリサを見た。彼女は片手に黒のシルクのテディを持っていた。もう一方の手には、ピンク色のサテンのスリップを持っている。ディランは思わず口をついて出そうになった呪《のろ》いの言葉をのみこんだ。生意気な口ばかりきいているアリサが、いかにも女らしいランジェリーを持っているというギャップが刺激的で、汗が噴き出してくる。

「私って、きれいなものが好きみたい」アリサは独り言のように言ってディランを見あげ、急に恥ずかしそうな顔をした。すぐに下着をしまって、引き出しを閉める。「まあ、今日のところはこのくらいでじゅうぶんじゃないかしら」彼女は言い、立ちあがった。笑みを浮かべて、両手を組み合わせる。「部屋の装飾を始めたばかりだったに違いないわ」そして、部屋を出ていった。

ディランの視線はふたたびアリサのベッドに吸い寄せられた。黒のテディやピンクのスリップをまとった、もっと言ってしまえば、一糸まとわぬアリサがベッドに横たわっている姿は容易に想像できた。ディランがベッドを分かち合っていたころのアリサは今よりずっと若かった。記憶にあるのは、無邪気に情熱をぶつけてくる彼女の姿だ。しかし、今の彼女がもっとずっと大人なのは間違いない。

「行きましょうか？」アリサの声がして、ディランは現実に引き戻された。

ディランはやけどしそうなほど熱く悩ましいアリサのイメージを振りはらった。「そうしよう」そう言って最後にもう一度彼女のベッドを見てから、寝室を出た。

アパートメントで拾い集めた新たな情報を整理しようと、頭はフル回転していた。しかし、いっぺんに理解するには情報はあまりに多すぎ、アリサは気持ちを切り替えて、顔に吹きつける風のさわやかさを味わった。セントオールバンズ郊外の自宅に向かって、ディランはジャガーのオープンカーを走らせている。

「自分のアパートメントを訪ねて、なにか疑問が解けたかい？」ディランはきいた。

「イエスとも言えるし、ノーとも言えるわ。自分の家に来ているんだっていう気はほとんどしなかった。自分について考えるのも、しゃべるのも、もううんざり。消耗するし、気がめいるばかりなんだもの。しばらくは、だれかほかの人に気持ちを集中させたほうがよさそう」アリサはほほえんだ。「今日は、あなたがターゲットよ」

「どうやって僕に気持ちを集中させるつもり？」

「二つ三つ、質問するだけよ。あなた、話してくれたわよね。お父様が亡くなって遺産を譲られるまで、お父様の存在は知らなかったって。それで、異母きょうだいはいたの？」

「男のきょうだいが二人と、妹が一人いるが、実際にはいないも同然だ」ディランは皮肉をこめて言った。

「どうして？」

「僕という存在がいるとわかっても、彼らにとっていいことは一つもないからね。僕との関係を断とうと必死さ」

アリサは首を振った。「気まずいってことはあるかもしれないけれど、あなたは残忍な殺人犯でもなければ、どうしようもない役立たずでもないのよ。才能に恵まれたインテリだわ。最初のとまどいが消えれば、あちらの人たちだって、あなたを〝思いがけないプレゼントみたいなきょうだい〟だと見てくれるわよ」

「彼らは最初のとまどいを乗り越えていないんだ」

「知り合ってからどのくらいなの？」

「六年だ」ディランは吐き出すように言った。

「あなたは、お母様の違うきょうだいになにを望んでいるの？」

「なにも」その無感情な言い方は、アリサの内面のやわらかな部分を刺激した。ディランは失望することに疲れ、感情を殺すことを覚えたのだと彼女は感じた。

「私は、きょうだいがいれば、こんなにうれしいことはないと思うわ」

ディランは肩をすくめた。「僕の場合、血は水よりも濃し、というのはあてはまらない。家族の絆《きずな》っていうのは、どうも苦手でね。母親はいるけど、断続的な関係だったから」

「断続的な関係？」ハンドルを切り、自宅へ向かう長い私道に車を進めたディランに、アリサは尋ねた。

「母には数回の結婚歴がある。誤解しないでほしい。彼女はきちんとした女性なんだが、いったん恋をすると、ごくふつうの暮らしをしながらシングルマザーでいることができなくなる。母親にごくふつうの暮らしをさせるのは無理だけど、どんな男が彼女の人生に現れたり離れていったりしても、居場所だけはあるように、母には家を買ってあげた。法律上は僕の家だから、離婚するときに財産分与でもめることもない」

アリサはディランの言葉を受けとめて目を閉じ、彼の母親についてなにか覚えていることはないかと記憶をたぐった。なにも思い出せない。「あなたのお母様のことはなにも覚えていないわ」

「そうだろう、とくに記憶に残るようなことでもない。母のことは、僕もめったに考えないし」

「お父様のことは――」アリサは切り出した。

「父のことはまったく考えもしない」ディランは冷ややかに言った。「子供のころの僕は、父がだれなのかわかるなら、どんなことでもしていただろう。ようやく、だれなのか突きとめたら、その人は死んでいた。父は金持ちだったかもしれないが、卑怯《ひきょう》者だ。僕は遺産を受け継ぎ、異母きょうだいたちは、父の名とそれに付随するすべてを手に入れた」ディランは家の横に乱暴に車をとめ、目を細めてアリサを見た。「いわゆる家族について、僕に話せるのはこれで全部だ」そう言って車を降り、アリサの側のドアを開ける。「おとぎばなしみたいな結末はありえないんだよ」

あまりに辛辣《しんらつ》なディランの言葉に、アリサはぞっとした。まるで警告しているようだ。彼の目に根深い絶望が見え、それが気にいらない。ディランは怒りを発散させながら正当化しているように思え、アリサはその怒りをやわらげてあげたいという不思議な欲求を感じると同時に、自分にそんなことができるわけがないとも思った。それに、ディランも拒んだだろう。

「僕は町で約束があるから」ディランは言った。「君は、午後はのんびり体を休めるんだ」

ディランに命じられ、アリサは驚いた。思わず背中がこわばる。自分のためとわかっていても、命じられるのは我慢ならなかった。「心配してくれてありがとう。アパートメントへ連れていってくれたことも感謝しているわ」彼女は言い、ディランの家に向かって歩きだした。

「アリサ、無理をするんじゃないぞ」ディランは真剣な声で警告した。

「私に命令しないで」アリサは言い返した。「重症の英雄崇拝病だった子供のころの私なら、おとなしく聞き入れていたかもしれないけれど、今の私には――」

ディランはアリサに近づき、その言葉をさえぎるように彼女の腕をつかんだ。「英雄崇拝なんて関係ない」怒りに目をぎらつかせながら言う。「僕は君に対して責任があるんだ」

「私にはもうベビーシッターも看護師も必要ないの」

「だったら、それらしくふるまうことだ」ディランは言い、くるりと背中を向けて車に戻っていった。

ディランが車に乗りこみ、私道から出ていくのを見ながら、アリサは怒りを抑えきれなかった。なんて差別的で、デリカシーのないろくでなしだろう！　舌を突き出して、消えうせろとどなりたかったが、さすがにみっともないと思ってこらえた。彼の言っていることが正しいのが、なおのことくやしかった。

アリサはディランのことを頭から追い出し、家に入ってレモネードをグラスについだ。そして、ディランの家政婦兼料理人の、恥ずかしがり屋だが親切な六十代の女性、ミセス・アバナシーと少し話をして楽しんだ。その後、昼寝をしようと横になったが、なかなか眠れず、ベッドから起きあがって、屋敷を探検してみることにした。ミセス・アバナシーの話によると、ディランは馬を飼っていて、牧草地の西の隅に厩舎《きゅうしゃ》があるという。

うねるような牧草地は広く、思ったより長い時間歩かなければならなかったが、厩舎に着いてポニーと栗《くり》色の雌馬と去勢馬を見たとたん、アリサの疲れは消し飛んだ。

「こんにちは、きれいなお馬さん」馬房の前を歩きながら、アリサは言った。

「気だてもいいのよ」がっしりした白髪頭の女性がポニーの馬房から出てきた。「私はメグ・ウィンターズ。ディランの好意で、障害のある子供たちにここで乗馬を教えているの」

「ほんとうに？」アリサは驚いて、きいた。「彼、そんなことはなにも言っていなかったわ」

「そうでしょうね」メグは言った。「彼のイメージとは合わないもの」

アリサはゆっくりうなずいた。「お金持ちで、冷たくて、実利主義で、だれからもなにも期待しない人よ」感情が高ぶって声がうわずるのがわかり、アリサは口をつぐんだ。

「彼とは長い付き合いなの？」興味をかきたてられたように、メグが尋ねた。

「二十年ほどよ」アリサは自己紹介した。「彼の家に泊めてもらっているの。長期入院を終えて退院したばかりで、体力を回復中なのよ。そうだわ、おみやげを持ってきたの」アリサは言い、小さなバックパックからりんごを取り出した。

いいわ、というように、メグはうなずいた。「食べさせてやって。あなた、馬には乗るの？」

アリサは、自分が馬の背にまたがっている姿を思い描いてみた。「ええ」彼女は言った。「でも、もうずいぶん乗っていないわ」

「だったら、乗るならサー・ギャラハッドがいいわね。よく調教されているし、行儀はいいし、あなたはなにも指示しなくてもいいくらい、自分で判断してなんでもやってくれるわ。私はそろそろ家に戻るから。会えてうれしかったわ」

「私も」アリサは振り返り、ポニーにりんごをやった。それから、隣のサー・ギャラハッドの馬房に向かった。てのひらにのせて差し出したりんごを、サー・ギャラハッドは唇だけで受けとめた。「なんて紳士なの」アリサは言い、清潔な厩舎と馬のにおいを胸いっぱいに吸いこんだ。馬を撫《な》でていると、うっとりするような幸福感が全身に満ちて、いらいらも焦燥感もどこかへ消し飛んでしまう。私が記憶喪失でもサー・ギャラハッドは気にしないから、一時的に気持ちが慰められているんだわ。アリサはため息をついた。馬に乗れば、気持ちも晴れるかもしれない。

家の中をさがしてもどこにもアリサの姿は見えず、ディランはいやな予感が背中を這《は》いおりるのを感じた。外は土砂降りの雨で、雷鳴もとどろいている。夕食の準備はもうすっかりととのっていた。アリサがどこにいるか知らないかと、ディランはミセス・アバナシーに尋ねた。

「残念ながら、存じません。最後に見かけたときは、プールの向こうを歩いてらっしゃいましたけれど」

ミセス・アバナシーは眉をひそめた。「今日、私が馬のことをお話ししたら、とても興味をお持ちになったようすでした」

ディランはみぞおちのあたりが引きつるのを感じた。外の、バケツを引っくり返したような雨に目をやる。あれだけ体を休めるように念を押したのに、まさか馬に乗って出かけたのか？

小声で毒づきながら、ディランは玄関ホールのクローゼットから雨用のポンチョを引っ張り出し、勢いよく家の外に飛び出した。滝のような雨の中、牧草地に向かって走っていく。アリサがいる気配はどこにもなく、ディランの全身の神経はさらにぴりぴりと張りつめた。厩舎にたどり着き、力まかせに扉を開けたとたん、アリサがはっと息をのむのが聞こえた。

「ディラン！」アリサは思わず喉元に手をやった。「この雨の中、なにをしているの？」

ディランは深くため息をつき、安堵《あんど》の気持ちが胸いっぱいに広がるのを待って、ようやく言った。

「君が無事でいるのを確かめに来た」

アリサは肩をすくめた。「私は大丈夫よ。雨にも濡《ぬ》れていないし、サー・ギャラハッドがそばにいてくれるし、ちゃんと飲み水も持ってきているし。ほかになにが必要かしら？」彼女はディランのポンチョからしたたる水滴を見つめてから、視線を上げて彼の目を見た。「あなた、私のことを心配していたの？」

「僕は君に対して責任があると言ったはずだ」ディランは言い、腕組みをした。「雷雨の中、君が馬に乗って出かけるようなばかなことをしでかさないという保証はないからな」

　アリサはつんと顎を突き出した。「雷雨の中を馬に乗って出かける？」ディランの言葉を繰り返す。「あなた、勘違いしているわ。私はどうかしてるわけじゃないの、ディラン。記憶を失っているだけよ」

「そして昨日、無理をしてくたくたになったあげく、悪夢にうなされ、今日も、僕が体を休めろと忠告したら文句を言った」

　アリサは小ばかにするようにひらひらと手を振った。「よほどの腰抜けじゃない限り、今日のあなたには文句を言いたくなるわよ。あなたったら、記憶喪失でもないのに、気むずかしいことこのうえないんだもの」

　午後いっぱい、アリサの生意気な態度となまめかしいベッドの記憶に苦しめられていたディランは、彼女の口に、しゃべらせるのではなく、彼の体に触れさせて満足を得られたらどんなにいいだろうと思った。

「私、この馬、大好きよ。サー・ギャラハッド。とっても紳士なの」アリサは馬の首を撫でてから振り返り、ちらりとディランを見た。「飼い主とは違って」

「そして、去勢馬だ」ディランはアリサに言った。「飼い主とは違って」

　アリサはディランの警告を無視して彼に近づいた。「実を言うと、私、混乱しているの。メグから聞いたわ。あなたの好意で、体の不自由な子供たちに乗馬を教えているんだって。ねえ、ほんとうのことを教えて、ディラン。あなたは傲慢《ごうまん》で無慈悲な、お金のことしか頭にない億万長者なの？　それとも、ほんとうは思いやりのある人なのに、それを隠しているだけなの？」彼の胸に人差し指を突きつけながら尋ねる。「あなたにとっては、どっちでもかまわないんでしょうけど。そうでしょう？」

この一カ月、アリサの回復をひたすら待ちつづけ、自分に対する彼女の興味はすぐに軽蔑《けいべつ》に変わることを考えないように努力してきたディランは、なまめかしい寝室の記憶にさいなまれ、生意気でセクシーなアリサの挑発を受けて、思いもかけない行動に出た。

ディランはアリサを見つめながら厩舎の壁にじりじりと追いつめた。「そうだ」彼は言った。「僕にはどちらでもかまわない」

3

アリサの鼓動は早鐘のように打った。やだ、どうしよう。そう思い、生きたまま彼女を食べてしまいそうなディランの視線を受けとめた。彼をあと一歩で自制心を失いそうにさせたのは自分だと思うと、うれしかった。アドレナリンのように、感じてはいけない動揺が全身を駆けめぐる。口の中がからからになり、アリサは必死で唾《つば》をのみこもうとした。

ディランはわざとじらすように、ほんの少しずつ顔を下げてくる。アリサは期待感の高まりが心地よく、同時にじれったくてたまらなかった。ディランの視線が自分の唇に吸い寄せられたと思ったとたん、アリサの口は彼の口にふさがれていた。その大胆さでアリサをくらくらさせながら、ディランは彼女を味わった。唇で愛撫《あいぶ》し、奪いつくそうとするキスは、まるでセックスそのものだ。

アリサは膝から力が抜けていくのを感じた。ディランの舌が口の中に入りこんでくると、どうにでもしてほしいという思いに全身が満たされる。すばやく、浅く息を吸いこむと、雨とアフターシェーブローションの香りに、感覚という感覚がかき乱された。ディランは胸でアリサの胸のふくらみをかすめ、彼女の背中に手をすべらせて腰を引き寄せ、自分の腰に押しつけた。ディランは熱くこわばっていた。

こらえきれず、アリサはあえぎ声をもらした。ディランはさらにキスを深めながらアリサに体を押しつけたが、ふと彼女から口を引き離して言った。

「くそっ、君はプールサイドで横になって昼寝をしているはずなんだ。僕の頭をどうかさせるのではなく」

アリサは震える息を吸いこみ、落ち着きを取り戻そうと唇を噛《か》み締めた。「あら、あなた、お医者様に警告されたはずよ。私は扱いにくいかもしれないって」ようやく発した声がかすれているのが自分でもわかった。

ディランは信じられない思いでアリサを見つめてから、うなだれて、毒づいた。

「気になってしょうがないの」アリサは言った。

「あなたと私、前にもキスをしたことがある？」

「あるよ。しかし……」

「しかし、なに？」

「ずいぶん昔のことだ」アリサから離れながら、ディランは言った。

アリサは眉をひそめた。「前にキスをしていたなら、どうしてやめたの？」

「やめたって、なにを？」

「前にしていたキスを」

ディランは髪をかきあげた。「君はまだ十五歳で、君のお母さんが再婚して、引っ越すことになったからだ」

アリサは記憶をたぐり寄せようとしたが、なにも思い出せなかった。「覚えていないわ」

自分を見つめるディランの目に、ふとなつかしそうな表情がよぎるのをアリサは感じた。ディランはアリサの顎をそっと撫《な》でた。「いいんだ。忘れるのがなにより、ということもたまにはある」彼は手を離し、そのまなざしは急に真剣になった。「そんなことより、療養中に退屈したら、本を読んだりテレビを見たりすることだ。僕を刺激するのではなく」そして、首をかしげて耳をすました。「嵐《あらし》はほとんどおさまったようだ。今のうちに家に戻ろう」

熱いキスの記憶と、自分とディランが十代のときに恋人どうしだったという事実に気をとられたまま、アリサは扉を開けるディランを見つめた。

「もう大丈夫だ」ディランは言い、手招きをした。「さあ、行こう」

ディランと厩舎《きゅうしゃ》を出たアリサは、黙りこくって歩きつづけた。家が近づくと、興味津々に彼を見つめてきいた。「気にいらなかったということ？」

ディランはとまどい顔でアリサを見た。「気にいらなかったって、なにが？」

「私とのキスが」アリサは言い、立ちどまった。

ディランも立ちどまり、いらだたしそうにアリサを見た。「そうじゃない。でも、君はひどい事故にあって、今は回復中なんだ。それに、自分では気づいていないかもしれないが」くぐもった声で言う。「君はまだ弱っている。そんな君につけこむようなことはしたくない」

「ますますわからないわ。あなたって、お金がすべての億万長者かと思うと、屋敷で体の不自由な子供たちに乗馬のレッスンを受けさせたりもしている。私にキスをして、まるで……」適当な表現が見つからず、アリサは口ごもった。

ディランの謎《なぞ》めいた視線にどんな感情がこもっているのか、アリサは判断しかねた。「まるで、なんだい？」

アリサは顎を突き出した。「まるで、キス以上のことをしたがっているみたいに私にキスをしたかと思うと、次の瞬間には、紳士ぶって私をはねつけている。どれがほんとうのディラン・バローなの？」

「全部だ」ディランは言い、家に入っていった。

アリサはじれったさと疑問の塊のようになって、ディランのうしろ姿を見つめた。まったく、どうして私には記憶がないのよ？　見せかけだけの人造人間になってしまったような気分だった。肌も髪も体も、見た目は本物の人間のようだが、中身が空っぽなのだ。手足がないほうがまだましとさえ思えた。アリサはなによりも、このどうしようもない無力さを捨て去りたかった。そして、なによりも、自分とディランに関するすべてを思い出したかった。

夕食を終えると、ディランはすぐに家を出た。今日はもうアリサもやっかいごとを引き起こさないだろうと思うと、安心して気晴らしができそうだった。アリサは食事のテーブルについたまま、眠りこんでしまいそうに見えた。今夜はもう彼女のことは心配するまいと思いながら、ディランはマイケルとジャスティンと待ち合わせをしている〈オマリーズ〉に入っていった。

「水疱瘡《ぼうそう》の館《やかた》の暮らしはどうだい？」ディランはジャスティンに尋ねた。

ジャスティンは顔をしかめた。「双子のほうはもう治りかけているんだが、今日になってエミリーがやられた。子供たちは、体中ほてってかゆいうえに、この暑さだから、ぐずってどうしようもないんだ。でも、エイミーはすごいよ。裏庭に小さなビニールプールを出して、半日、子供たちに水遊びをさせている。この騒ぎから解放されたら、週末に二人きりでどこか静かなところへ出かけようって、彼女を説得しているところさ」

「ベリーズの僕のコンドミニアムに行ったらいい」ディランは言った。

「コンドミニアムって、買ったのか？」ジャスティンが尋ねた。「ベリーズといえば、中米のカリブ海に臨む保養地じゃないか。おまえはもっとにぎやかなところが好きだと思っていた」

狂乱のナイトライフはもうあきあきだと思いながら、ディランは首を振った。今はなにより平穏な暮らしがしたい。「僕はかたくなな独身じいさんに変身しつつあるんだ。お気にいりは、島を渡る風と、地元のビールと、美しい夕日だよ」

「よさそうだな」ジャスティンは言った。「そこにエイミーがいれば、僕としては完璧《かんぺき》だね」

「そういえば」マイケルが好奇心をあらわにしてディランを見た。「アリサとはうまくやっているのか？」

「彼女なら、まだあまり記憶が戻らなくて、かりかりしているよ。今日、彼女のアパートメントへ行ったんだが、行かないよりはましという程度のようだったな」ディランはいったん言葉を切り、カウンターに寄りかかりながら言った。「彼女、思っていた以上にむずかしくてね」

「アリサが？ ヴァージニアで一番気だてのいい子じゃないか」マイケルが言った。「もちろん、ケイトをのぞいて、という話だが」

ディランは、アリサのなまめかしい寝室と、その日の午後、自分を挑発した彼女の姿を思い返して、首を振った。「彼女はもう小さなクッキー娘じゃない」

「どういう意味だ？　もうチョコレートチップクッキーは作れないということか？」驚きを隠せない声で、ジャスティンが尋ねた。

「彼女がクッキーの作り方を覚えているかどうかは知らない。僕はただ、僕が予想していた彼女とは違う、と言っているんだ」

「違うって、いい意味で？　それとも、悪い意味で？」ジャスティンがさらにきいた。

ディランは、彼のキスに情熱的に反応したアリサを、厩舎でそのまま彼女を自分のものにしたくなったときのことを思い出した。「両方だ」

バーテンダーがビールを目の前のカウンターに置く間、マイケルとジャスティンはとまどいがちに顔を見合わせた。「彼女がおまえに言い寄っているのか、おまえの顔に唾を吐きかけているのか、僕には判断がつかないぞ」

「両方だと思ってくれ」ディランは言い、ビールをごくごくと飲んだ。「彼女はまだ心身ともに回復中だから、弱みにつけこむわけにはいかない」

「それに、すべてを思い出したら、彼女はおまえを憎むだろうし」ジャスティンはディランに思い出させた。そして、同情するように首を振る。「お気の毒に」

「まあな。彼女を誘惑するのも、彼女に誘惑されるのも、今、僕がするべきことじゃない。しなければならないのは、彼女の心や体が回復するように、のんびりできる場所を与えることであって、僕が今しているのは、それなんだ」たとえそれがどんなにつらくても、とディランは思った。「いずれにしても、もうその話はおしまいだ。僕はもうすぐ、生体工学の研究プロジェクトについて、グラント・レミントンと交渉するつもりだ。それを知らせたかったんだ」

「グラント・レミントン」マイケルが言った。「おまえの異母兄さんか」

ディランは苦笑いをした。「そんな言い方をすると、彼にぶん殴られるぞ」

マイケルは一方の眉を上げた。「それにしてもそいつは運のいい男だな」

「なぜだ？」ディランはきいた。「父親のしくじりのせいで、遺産の一部を横取りされたのに？」

「おまえという弟を持てたのは幸運以外のなにものでもないだろう」

ディランは慣れ親しんだ苦々しさを味わい、肩をすくめた。「望みのものが手に入りさえすれば、僕はなにがどうだっていいんだ」

一瞬、三人は黙りこくったが、バーの雑音にまぎれて、沈黙の気まずさはいくらか弱められた。マイケルが咳《せき》ばらいをして言った。「ところで、今度の金曜日にみんなをうちに招いてバーベキューをしたいって、ケイトが言っているんだ」

「僕は大丈夫だ」ジャスティンが言った。「そのころには、水疱瘡騒ぎもすっかりおさまっているだろうし」

「よかった」マイケルは言い、ディランに視線を向けた。「ケイトは、アリサにも来てほしいそうだ」

ディランは相反する感情にさいなまれた。どんなに扱いにくくても、アリサを独り占めにしていたいという思いは強かった。しかし、そんなことをして得られる安心感など偽物だとしぶしぶあきらめ、デイランはマイケルを見てうなずいた。アリサはいつか必ず真実を知る。永遠に変わらないものなどありえないのだ。「まだ彼女に口をきいてもらえていたら、連れていくよ」ディランは言い、敬礼をするようにビールのグラスを掲げた。

アリサは、記憶力の回復にできるだけ気持ちを集中させようとした。少なくとも目が覚めている間は、極力ディランのことは考えないように努力した。夜、眠りにつくと、彼の夢を見るようになっていたのだ。繰り返し、息もつけないほどキスをされて、快感のきわみまで押しあげられる官能的な夢だったが、彼が体を重ねてきて、二人でエクスタシーの波にのみこまれることは決してない。目覚めると、いつも体は熱くほてっていた。アリサは、悪夢とエロチックな夢では、どちらがより耐えがたいか、自分でもよくわからなかった。

アリサは朝、仕事に出かけるディランの車で自分のアパートメントまで送ってもらって、彼の昼休みに家まで送ってもらう毎日を過ごしていた。この数日はランチを食べる時間を遅らせて、できるだけディランと過ごす時間を減らしていた。アリサには彼が熱いストーブのように感じられ、温かさには引き寄せられたが、近づきすぎるとやけどをするとわかっていた。気持ちのうえでも性的にもディランに惹《ひ》かれていたが、深みにはまるようなことにはなりたくなかった。

週末も、アパートメントで見つけたアルバムを眺め、CDを聞きながら、アリサは記憶の断片をつなぎ合わせる作業に没頭していた。そのあと、郵便物の整理をしていたディランとたまたまでくわしてしまった。「調子はどう？」ディランが尋ねた。

「快調よ」アリサは答えた。「午後は三十分、昼寝をするようにしているわ」

「もう悪夢は見ない？」

いったん目が覚めると眠れなくなってしまう、あのなまめかしい夢も見なくなればいいのに、と思いながら、アリサはうなずいた。そして、ふと、なにかの招待状が床に落ちているのを見つけて、かがんで拾いあげた。「落とし物よ」そう言いながら、すばやく招待状に目を走らせる。「〈レミントン製薬〉

の役員の皆様をお招きし、カクテルパーティを催したいと存じます。あなた、行くの？」

「たぶん、行かない」ディランは言い、アリサを見てにっこりした。「木曜日の夜だろう。ブレーブスの試合があったはずだ」

アリサはあきれたようにくるりと目をまわした。

「ブレーブスの試合はいつだって見られるわ。カクテルパーティには、あなたの異母きょうだいのだれかも来るの？」

「たぶんね。なぜ？」ディランはアリサを見つめて問い返した。

「ただききたかっただけ」アリサは言った。「異母きょうだいたちと、形式張らない場で会ったことはあるの？」

「公式に遺書を読みあげる場は、形式張っていないとは言えないだろうからね」そう言って、ディランはくすりと笑った。

アリサもつられて笑ってしまった。「あまり形式張っていない場で彼らがどんな態度をとるか、知りたくないの？」

「知りたくないね」

「私は知りたいわ」

「だったら、君が行けばいい」

「そうするわ」アリサはすかさず言った。「私たち、何時に出かければいいの？」

「〝私たち〟っていうのはどういうことだ、トント？」

ある記憶がふっとよみがえり、アリサはディランを見つめた。「トントって、ローン・レンジャーの相棒の名前よ。あなた、前にもその名で私を呼んだわ」

一瞬、言葉につまってから、ディランは言った。

「そう。百回ぐらいはね」

「テレビドラマの『ローン・レンジャー』の再放送

よ」アリサは言った。おぼろげな記憶が少しずつ鮮明になっていく。「それと引き替えに、あなたにキャッチボールを教えてもらったのよ、私」

「カフェテリアで夕食の支度をしているお母さんの目を盗んで、君はこっそり僕を家に入れて、再放送を見せてくれたんだ。〈少年の家〉のテレビは娯楽室に一台あるだけで、それがいつも故障中だったから」

「でも、母はちゃんとしたテレビを持っていたのよ。小型だったけれど、いつもちゃんと見られたわ」アリサは首を振った。「母に見つかりはしないかって、いつもはらはらしていたわ。それで、とうとう見つかってしまって……」

「僕は山ほどのじゃがいもの皮むきをさせられ、カフェテリアのごみ出しを一カ月、続けなければならなかった」ディランは言った。「院長に見つかっていたら、それどころじゃすまなかっただろうけどね」

「院長先生には言わないでって、私、母に頼んだのよ」母親に泣きついたときのことを思い出して、アリサは言った。「でも、あなた、そのあともキャッチボールを教えてくれたわ。なぜ？　交換条件は成り立たなくなったのに」

「さあ、知らないな」ディランは言った。

話がわきにそれてしまったのに気づいて、アリサはほほえみながら話題を元に戻した。「カクテルパーティの日は、何時までに支度をすればいいの？」

「支度をする必要はない」ディランは言い、郵便物の整理に戻った。

「ふうん」アリサは考えながら言った。「あなた、お母さんの違うきょうだいたちがこわいの？」

ディランは視線を上げ、射抜くような目でアリサを見すえた。「こわがるほど気にとめてもいない」ぞっとするほど落ち着きはらった口調だった。

「じゃあ、あなたはその人たちになにも求めていないのね？」アリサは尋ねながらも、そんなふうに思えることが理解できなかった。きょうだいができるなら、彼女は大きな犠牲も惜しまなかっただろう。「ほんとうになにも求めていないの？」

「なにも求めていない」ディランはきっぱり答えたが、一瞬、間をおいて眉を寄せた。「ただし……」

「ただし？」

君には関係ない、とばかりにディランは言った。

「仕事の話だ」

ディランの秘密主義にがっかりして、アリサはため息をついた。すると、子供のころのまた別の記憶がよみがえった。ディランはいつも、もう一歩踏み出せとアリサをけしかけていたのだ。「今、私に言えることが一つだけあるわ。やあい、カクテルパーティでもなんでも、行けるものなら行ってみろ」子供のころ、二人で言い合っていた口調そのままに、アリサはディランをけしかけた。

遠ざかっていくアリサの腰つきを見つめているディランの胸の中で、彼女のはやしたてるような口調が反響していた。いらだちと、かすかにみだらな思いをかきたてられたものの、ディランは彼女の挑発を無視した。子供のころ、けしかけるのはもっぱらディランのほうだった。事故にあって、彼女は大胆になったのだろうか？　あるいは、大学時代に別れたあと、大胆な女性に成長したのかもしれない。彼女といっしょに成長できなかった時間がディランはうらめしかった。

アリサはかつてほどディランに対して従順ではなくなっている。英雄を崇拝するようなまなざしで彼を見ることはもうない。今の彼女は、女性としての好奇心と魅力をたたえた目でディランを見る。その変化に、ディランは落ち着かないと同時に、引きつけられた。ディランは彼を快適にさせ、満足させることに熱心な女性に慣れていた。アリサは彼を知ることに、彼に挑むことにより熱心なようだ。今、彼女は心身ともに弱っているにもかかわらず、かつてディランが知っていた彼女よりもかなりたくましくなっていた。

ディランはふたたびアリサの挑発を思い返し、小声で毒づいた。異母きょうだいたちと三十秒以上いっしょに過ごすと考えただけで、胃が引っくり返るような気がした。しかし、彼の家と心に入りこんできた金髪の妖婦《ようふ》の言い分にも一理ある。ディランはたしかに、レミントン家の人々に求めているものがあり、カクテルパーティに足を運ぶことで、それが手に入れやすくなるのなら、行かないわけにはいかなかった。

ディランは、家を出るのは六時半だと言っていた。そう思い返しながら、アリサは自分のアパートメントのクローゼットにかかっているドレスをあれこれ調べた。ディランのことを思うだけで、胸がざわざわと騒ぐ。自分にとってディランは大事な人だ。その事実に間違いはない。わからないことと知らないことだらけでも、アリサの感覚と直感は冴《さ》えわたっていた。どういうわけか彼女は、ディランが異母きょうだいたちとなんらかのつながりを持つのはとても大事だ、と感じていた。自分には関係のないことだとわかっていたが、とにかくそれは大事だという強い予感がして、無視できなかった。記憶や事実が欠けているからこそ、直感に頼らなければならないとすでにアリサは学んでいた。

ディランが癇《かん》にさわる理由も、アリサは部分的に解き明かしていた。キスをしたときは別として、彼が彼女を小さな女の子でも見るような目で見ているような気がするからだ。記憶は失っているかもしれないが、自分は強い人間だったに違いないとアリサは信じていた。仮に、今、自分が望んでいるほど強い人間ではなかったとしても、これからはそうなるのだと強く心に決めていた。

　アリサはクローゼットで見つけた黒いカクテルドレス三着をベッドに並べ、どれを着ていこうかと目をこらした。しかし、三着とも、ぱっとしない。クローゼットに引き返して、またごそごそとさがしているうちに、ビニールがかかったままで、まだ値札もはずしていないドレスを見つけた。アリサはビニールをとって、まじまじとドレスを見た。おそらく衝動買いして、返品しようかどうしようかと迷っていたところなのだろう。

　体にぴったりしそうな細身のシルエットで、丈はかろうじて膝が見えるくらいの白いシフトドレスだった。一見したところ、品のいいありきたりなドレスだが、よく見ると、胸の部分に横に二本、スリットが入っていて、胸の谷間と肌の一部が露出するようにデザインされている。度胸がなければ、とても着られないドレスだというのがアリサの結論だった。うぶな小娘のドレスじゃない。

　アリサは合計四着のドレスにさっと視線を走らせ、ドレスの選択がそのまま、ディランとの関係をどうするかという選択に重なっている気がするのはなぜだろうと思った。賢明なのは、黒いドレスのどれかを着ていくことだろう。ディランとの関係では、彼にとって幼い女の子のままでいるのが賢明なのだろう。

　アリサは白いドレスを手にとり、賢明さを窓の外に投げ捨てた。

4

面倒なことになってしまった。玄関ホールでアリサを待ちながら、ディランは思った。アリサはディランと家族もどきがおとぎばなしのようなハッピーエンドを迎えるだろうと期待しているが、そんな結末は望むべくもないと気づいて愕然《がくぜん》とする――そんな予感がした。彼女の、愛らしくなまめかしいけしかけに動揺さえしなければ、いっしょに行くなどとは言わなかったのに。

ディランは首を振った。たいしたことじゃない。すぐに帰ってくれば、すむことだ。そのとき、階段を下りてくる足音が聞こえた。「会場には長くても十五分しかいないぞ」そう釘《くぎ》を刺しながら、彼は振り返った。「役員のほとんどは、おとなしくワインを傾けながら静かに話をするのがお好みだ。だから……」

アリサを見たとたん、ディランは言葉をのみこんだ。なにを期待していたかはわからなかったが、今、目にしているようなものは期待していなかった。アリサは髪をゆるくアップに結い、ほんの軽く化粧をしていたが、彼の視線を口元と目元に釘づけにするにはじゅうぶんだった。耳たぶから下がった真珠のイヤリングがゆれている。ドレスがあからさまには見せない彼女の体を想像するだけで、ディランは今後一カ月は眠れない夜を過ごすことになりそうだった。

ディランは女性を目の前にして口がきけなくなったことは一度もなかったが、今はほとんどそんな状態だった。

アリサがディランの視線をとらえた。「だから、なに？」先をうながす。

ディランはネクタイを直した。「だから、どんちゃん騒ぎは期待しないように」

玄関に向かうアリサのうしろを歩きながら、ディランは思わず毒づきそうになるのをこらえた。思ったより長い夜になりそうだという気がした。

町の中心地に着いて車をとめると、ディランとアリサはセントオールバンズ美術館の階段をのぼっていった。分厚い木製の扉をいくつも抜け、パーティ会場のある三階までエレベーターで向かう。ディランは、ついついアリサを見つめてしまう自分に気づいていた。ちらちらと観察する限り、この二十分の間に少なくとも二十回、ディランがアリサのドレスを脱がせるところを想像していることなど、彼女はみじんも感じていないようすだった。

さらにいくつか扉を通り抜けると、受付にカーステン・レミントンがいた。ディランは、異母妹があんぐりと口を開けるのを見た。

「ディラン・バロー」ディランが疫病神でもあるかのように、カーステンは言った。「来るとは思わなかったわ」

「驚かせようと思ってね」ディランは言い、そっけなく笑ってみせた。「カーステン・レミントンだ。こちらはアリサ・ジェニングズ」

アリサは片手を差し出した。「お会いできて、うれしいわ。なにも知らなくて申し訳ないんだけれど、私、薬品業界の人間じゃないんです。レミントンさんっておっしゃった？　アーチボールド・レミントンさんはご親戚《しんせき》？」

カーステンは顎を突き出した。「亡くなった父よ」

「まあ」アリサはほほえんだ。「じゃあ、あなたはお母様違いのディランの妹さんね」

カーステンはさっと青ざめ、息をするのも苦しそうに見えた。「失礼。フィアンセが呼んでいるので」

「魚雷その一」ディランが言った。

アリサは彼を見つめた。「どうしてそんなふうに言うの？　礼儀正しい人なのに」

「なるほど」ディランは同意するまねをした。「僕はてっきり気絶されるかと思った」

「悪い人じゃないわ」アリサはなおも言い張る。

「アリサ」ディランは言った。「彼らは、僕と血がつながっていることを思い出したくないんだ」

「まさか」アリサは引かなかった。「さあ、私をあなたの仕事仲間に紹介してちょうだい」彼女はほほえんで言った。「楽しませて」

ディランはアリサを役員会のメンバーに紹介して歩いた。どの役員も、ディランがやってきたことに驚きを隠せないようすだったが、露骨に冷淡な態度をとる者はいなかった。最後に、ディランとアリサは、パーティ会場の反対側で取り巻きに囲まれているグラントに近づいた。

話が終わったすきを逃さず、ディランはまっすぐグラントに向かって歩いていった。「こんばんは、グラント」

グラントは驚いて目をみはった。「こんばんは。君がやってくるなんて、驚きだ。これまで一度も現れなかったから」

「たまには変化もいいものだから」ディランは言った。

「たいした変化だ」

「こちらはグラント・レミントン。アリサ・ジェニングズを紹介します」

グラントはうなずき、儀礼的な挨拶《あいさつ》をつぶやいた。

「またレミントンさんね」ほほえみながら、アリサは言った。「ディランの、お母様の違うお兄様？」

グラントは彫像のように体をこわばらせた。「考えたこともありませんでした」

「ほんとうに？」アリサは明るく言った。「皆さん、ほんとうに運がいいわ」

グラントが低い声で尋ねた。「皆さんというと？」

「あら、あなた方ごきょうだいとディランよ。弟さんの名前は、なんておっしゃるの？」

「ウォルターです」グラントは言い、とまどったようにアリサを見た。「運がいいというと？」繰り返し尋ねる。

「ええ」アリサは言った。「考えてもみてください。弟が斧《おの》を振りかざす人殺しだったり、ろくでもないぐうたらだったりする可能性もあったわけでしょう。でも、ディランはとても聡明《そうめい》で意欲に満ちていて、会社にとってもプラスになる人材なんですもの」

ディランはアリサの手をぎゅっと握り、やめろ、と合図した。

グラントはぐっと歯をくいしばってから言った。

「そうでしょうか？」

「そうですとも。でも、ディランによると、あなたは頭のいい人だそうだから、こんなこと、私に言われなくてもわかってらっしゃるわよね。ディランにしたって運がいいわ。きょうだいがみんな鈍くて、彼の長所も理解できないなんてことがなくて。皆さんはそんな人じゃないわ」

ディランはアリサを殺したくなった。

グラントはほほえんだが、目は笑っていなかった。

「ご指摘、感謝します。さあ、僕はそろそろ失礼します」

「魚雷その二。僕らはもう退散しよう」

ディランは頭を振りながら言い、アリサを連れてパーティ会場を出た。とても話をする気にはなれなかったが、それをアリサも感じたらしく、車で家に戻る間、一言も口をきかなかった。

玄関から家に入るなり、ディランはアリサを問いつめた。「いったいなんだって、あんなことをしたんだ？」

説明できないというように、アリサは首を振りながら答えた。「わからないわ。病院の精神分析医に話したほうがよさそう」

「なんだって？」

アリサはおそるおそる言った。「原因は子供時代にあると思うの。私、あなたを守りたくてしょうがないのよ」

ディランはまじまじとアリサを見た。「僕がだれかの保護を必要としているように見えるのか？」

「見えないわ」アリサは認めた。「でも、私、あそこにいればいるほど、あの状況にいらだったと思うわ。あれはおかしいわよ」

「世の中におかしいことはいくらでもある」

「だれかがなにかしたり、なにか言ったりして、状況を変えなければって思ったの」

「そして、それができるのは自分しかいないと思ったわけか」

アリサはしばらくディランを見つめてから、首を振った。「どうしてあんなことをしたか、自分でもわからないの。因縁のようなものがあるのかもしれない」

「因縁だって？」

「私、あなたに借りがあるような気がするの」

ディランは唖然《あぜん》とした。息を吸って、頭をすっきりさせる。「君が回復する間、うちにいてもらっているからだろう」

アリサは眉をひそめて、かぶりを振った。「もっとずっと前のことよ。私、あなたにとても特別なことか、とても大事なことをしてもらって、借りを作ったような気がするの」

大学時代、自分がどんなにアリサを傷つけたかを思い出し、ディランは吐き気を催した。「君は僕に借りなどない」彼はきっぱり言った。「そんなことはいっさいない」さらに念を押して、さぐるようなアリサの視線を避け、その場を立ち去った。

アリサは救いがたい愚か者になった気分だった。ネグリジェに着替えてベッドに入り、一時間以上、寝返りを打ちつづけた末に、眠ることはあきらめた。

必死でディランを守ろうとしたのに、彼は明らかに私に腹を立てていた。たしかに、彼と彼の異母きょうだいたちが今後ずっとたがいを避けつづけたところで、私には関係のないことだ。それに、ディランは自分で自分を守れる立派な大人だ。アリサはふと、自分がまだ少女のころ、一度ならずディランにかばってもらったような気がした。

そんな自分の考えに動揺し、アリサはフレンチドアを押し開けてバルコニーに出た。夜の暖かな空気が心地よい。彼女は目を閉じて顔を上げ、月の淡い光を体中で受けとめた。

心に壁を築いて、決して私を受け入れようとしない彼なのに、どうしてこんなにも気になるのだろう？　自分にとって兄のような存在だったのだろうかとも思ったが、十代のころは恋人どうしだったことを思い出した。肉体関係もあったのかしら。その可能性を思っただけで、かっと体が熱くなる。そういう関係だったとしたら、彼が気になって仕方がないのも説明がつくけれど。

そよそよとかぐわしい風が吹いてきた。味わうようにそよ風を受けとめたアリサの脳裏に、ふっと不届きな考えが浮かんだ。ふたたびそよ風に吹かれたアリサは、体中で、それも裸の体にそよ風を感じたくてたまらなくなった。

どうしていいのかわからないまま、アリサはバルコニーの外壁に近づき、顔を上げて穏やかな風を受けとめた。記憶を失う前の自分はつつましい女性だったような気がする。そよ風を感じたくて、バルコニーで裸になったりするような女性ではなかったに違いない。でも、たぶん、とアリサは思った。ひそかにそうしてみたいと思っていたんだわ。

真っ暗な自分の部屋に立っていたディランは、アリサがちらちらとあたりをうかがうのを見ていた。そして、彼女が肩ひもをはずして、するりとネグリジェを脱ぐのを見て、思わず息をのんだ。のぞき魔になったような気もしたが、とても目をそらせなかった。

クリームのような月光が、アリサの体のカーブを照らしている。彼女はうなじにかかる髪を持ちあげて背中を弓なりにそらし、胸を突き出した。下半身はバルコニーの外壁に隠れて見えないが、ディランは覚えていた。熱く燃えあがりながら、彼女も同じように熱く燃えあがらせた夜のことは、はっきりと覚えていた。

二人は、大学の友愛会のパーティで踊っていた。ビールが飲み放題だったが、ディランもアリサもたがいの存在に酔っていた。大学で再会してからというもの、二人は可能な限りいっしょに過ごしていた。その夜も、パーティ会場の隅の暗がりで、体をこすり合わせるようにして踊っていた。

ディランはアリサにキスをするのをやめられず、彼女もやめてほしそうには見えなかった。体の一部は痛いほどこわばり、彼女が欲しくてたまらなかった。そこでアリサをパーティ会場から連れ出して、キャンパスの人目につかない場所に毛布を広げ、満天の星の下で体を愛撫《あいぶ》し合った。

胸に触れると、アリサが低くうめき声をあげ、ディランは気がおかしくなりそうだった。ブラウスの前をはだけて、胸の谷間の甘い香りを吸いこみ、やわらかい胸の先端にキスをした。アリサが小さく体を震わせるのがわかり、ディランは深々と息を吸いこんだ。

「もっと君を知りたい」ディランは言った。「でも、君は寒いだろうし」

「ぜんぜん寒くないわ」アリサは言い、片手を持ちあげてディランの頬に触れた。「私も、もっとあなたが知りたい」

ディランはシャツを脱ぎ捨て、自分の胸をアリサの胸に密着させた。アリサといると、安心できた。彼女と結ばれたら、完全な存在になったような気がするだろう。ディランはふたたびアリサにキスをして、片手をショーツの中にすべりこませた。彼女はすでに熱くうるおっていた。ディランは彼女の敏感な部分を撫《な》で、指先を中に差し入れた。

アリサは両手でディランの胸や肩をまさぐりつづけていた。彼は痛いほどこわばっている部分にその手を導いた。ジーンズのジッパーを下ろすと、アリサはおそるおそる彼に触れ、そのやさしい感触に、彼はもう少しではじけそうになった。

いても立ってもいられず、ディランは先を急いだ。スカートを下げると、月明かりに青白い肌が浮かびあがり、なめらかな腿が誘いかけているように見えた。

アリサがディランを見つめた。その目は情熱にうるんでいたが、どこか不安そうだった。「私、一度も……」

ディランはアリサの唇を指先でふさいだ。「わかっている」彼は言った。「やさしくするから」そう約束して、彼はそれを守った。

ディランはアリサと一つになり、彼女のあえぎ声を唇で受けとめた。そして、アリサの目に汚れのない愛を見いだし、自分の居場所はここだと感じたのだ。

アリサとの愛の営みの記憶に、ディランの体は熱く脈打っていた。彼女が自分のむきだしの腕と胸の先端に触れるのを見て、口の中がからからになる。今夜、自分を守ろうとしてくれたアリサを思い出し、ディランの胸は締めつけられた。たとえしばらくの間、彼女を取り戻せたとしても、そのうち記憶が戻れば、彼女は去ってしまうだろう。世の中に永遠に続くものなどないと、ディランは苦い経験をとおして知っていた。彼女も例外ではないのだ。

翌朝も、アリサはディランの車で自分のアパートメントへ行った。しかし、一時間ほど部屋を探索しているうちに、そわそわと落ち着かなくなった。手帳の書き込みによると、アリサは週に一度、午後に〈グレインジャー少年の家〉に足を運んでいたのだ。医者からまだ車の運転は許されていなかったので、彼女はタクシーを呼んで〈少年の家〉に向かった。

〈少年の家〉のたたずまいには見覚えがあり、子供のころ過ごしたカフェテリアやコテージの場所もすぐに思い出せた。

週に一度〈少年の家〉を訪れていた理由も思い出し、オフィスの事務員に尋ねる必要もなかった。

「遅くなってごめんなさい、ミズ・ヘンダーソン」女性事務員の名前もすぐに思い出せて、アリサはうれしくて泣きだしそうになった。

グラディス・ヘンダーソンは机から顔を上げ、歓喜の叫び声をあげた。まるまるとした体ながら、びっくりするほどすばやくカウンターをまわってきて、力まかせにアリサを抱きしめた。「みんな、心配していたのよ。事故のすぐあとにお見舞いに行ったんだけれど、あなた、意識不明だったから」ミズ・ヘンダーソンはアリサの両腕を持ちあげ、まじまじと目をこらした。「ほんとうに元気そう。頭はもう大丈夫なの？」

「まだ思い出せないこともあるけれど、読み方は覚えているし、ロビーとC・S・ルイスの『ライオンと魔女』を読んでいたことも覚えているわ」

ミズ・ヘンダーソンはほほえんだ。「だったら、もう大丈夫ね」そう言って机に戻り、寮の管理人に電話をしてロビーをよこすように伝えた。

しばらくすると、十歳にしては幼く見える、やせっぽちのロビーが期待に顔を輝かせてオフィスに入ってきた。アリサを見たとたん、彼はにっこりした。前歯が一本、欠けている。

「ロビー！」アリサは声を張りあげ、少年に駆け寄って抱きしめた。「歯が抜けたのね」

「やっと抜けたんだ」ロビーは言った。「みんなより二年遅いけど。頭はどう？　ひどくぶつけたって聞いたよ」

アリサはうなずいた。「そうなの。でも、もうずいぶんよくなったわ。またいっしょに読み方の練習がしたい？」

ロビーの顔がぱっと輝いた。「うん、したいよ。一人で練習するよりずっとおもしろいもん」

「じゃ、来週からね。水曜日の午後三時に」いつものスケジュールを思い出して、アリサは言った。

ロビーは両手の親指を立てて、うなずいた。「元気になって、うれしいよ」

「私もうれしいわ」アリサは言い、ふっと気持ちが楽になったような気がした。少しだけだが、世界が急に意味のあるものに思えた。

待ち合わせた時間にアパートメントへ来たのにアリサの姿が見えず、ディランは数字を十まで数えた。それでもたりず二十まで、いや、百まで数えた。警察に連絡する理由などどこにもないと自分に言い聞かせたが、汗のしずくが背中をつたい落ちるのがわかった。

もう一度、時間を確認してから、アリサが出かけるとしたらどこだろうと考えてみた。ちょうどそのとき、駐車場に入ってきたタクシーからアリサが降りてくるのが見え、ディランは安堵《あんど》の息をもらした。ハンドルを何度も握り締めて緊張を解いてから、車を降りる。

「そこにいたのね」アリサが声をあげ、ディランに近づいた。その顔がうれしそうに光り輝いているのを見て、約束の時間を過ぎていることを彼は指摘できなかった。「思い出したの」アリサは言い、ディランに抱きついた。

うれしさといやな予感を同時に感じて、ディランはまごついた。腕だけは反射的にアリサを抱きしめている。すべてを思い出したはずがない。そうだろう？

「〈少年の家〉のミズ・ヘンダーソンのことも思い出したし、ロビーが小さな男の子で、私が読み方を教えているってことも思い出したの。〈少年の家〉の敷地内にある建物の配置も覚えていたわ」ディランを見あげるアリサの目に涙があふれた。

ディランもつられてうれしくなった。「それで、今はなにがしたいんだい？」

「チョコレートチップクッキーを作りたいわ」アリサはディランをちらりと見た。「母に教えてもらった作り方で。それも、記憶だけを頼りに作ってみたいの」

ディランの心臓がきゅっと縮んだ。「お母さんのクッキーのことで、なにか覚えていることは？」

「いくつかこっそり盗んでは、どこかの男の子たちにあげていたわ」

「君はクッキー娘だったんだ。みんな、いつだって君のクッキーを欲しがっていた」

一瞬、黙りこんでから、アリサは上目づかいにディランを見た。「あなたも、いつも私のクッキーを欲しがっていたの？」

5

「まだなにかたりないわ」オーブンで三回目のクッキーを焼きおえてから、アリサは眉をひそめて言った。

「僕はおいしいと思うけど」ついついクッキーを食べすぎてしまったディランは言った。「この調子で食べつづけたら、今夜、マイケルのうちでバーベキューが食べられなくなってしまう」

アリサはディランを見て、たじろいだ。「忘れていたわ。マイケルとジャスティンも〈少年の家〉にいたから、なにが違うのか教えてくれるわね、きっと」

「なにも違っていないって」ディランは言い張った。

「なにかがたりないはずなのよ」アリサはちらりと時計を見た。「何時に家を出るの？」

「十五分後だ」ディランは言ったが、できれば行きたくないというのが本音だった。アリサが次になにを思い出すか、わかったものではない。「疲れているなら、無理に行かなくてもいいんだよ」さりげなく言ってみた。

アリサは首を振った。「いいえ、行くわ。なにを思い出すか、知りたいんだもの。楽しみだわ」

三十分後、ディランの運転する車は、マイケルの自宅に続くわき道に差しかかった。アリサはちらりとディランを見た。

「私のクッキーのせいで具合が悪くなったんじゃないでしょうね？　さっきから、あなた、黙りこくっているわ」

「いや。ちょっと気がかりなことがあって、それを考えていただけだ」

なんてよそよそしいのかしら、とアリサは思った。ディランに頼りにされることをなによりも望んでいたけれど、私にはそんな器量はないとわかった。それがつらくてたまらない。

ディランが車をとめると、アリサは彼の手に自分の手を重ねた。「あなたが心配していること、うまく解決するといいわね」なんとか彼を励まそうと、思いつく最善の方法を試してみた。

アリサを見つめるディランの目には、さまざまな感情が万華鏡のように交錯していた。その中でアリサにもっとも強く感じられたのは後悔だ。「うまく解決することもあれば、そうじゃないこともある」

アリサは胸が締めつけられるような気がした。ディランは自分にとって大切ななにかをうまく解決できないと感じているようだ。

ディランが視線を上げた。「ほら、みんなが来た。名前を教えようか、それとも……」

「教えないで！　記憶はどんどん戻ってきているの。自分で思い出させて」アリサが車を降りると、幼稚園児くらいの男の子の双子と、少し年長の女の子と、そのうしろから二組のカップルが近づいてきた。アリサの記憶力が錆《さ》びついた車輪のようにぎいぎいと音をたてて動きはじめた。「私、あなたたちの子守りをしたことがあるわ」

双子が大きくうなずいた。「それで、クッキーを食べさせてもらったんだ」双子の一人が言う。

「夕食の代わりに」もう一人が言い添えた。

女の子が片手で自分の口をふさぎ、しいっと声をあげた。「それは言っちゃいけないって言われたのに！」

「Ｊで始まる名前だったわ」アリサはつぶやいた。

「ジェレミーだよ」双子の一人が誇らしそうに言った。「僕の名前はジェレミー。Ｊで始まるんだ」

アリサは笑い声をあげ、さらに思い出そうと集中した。「エミリーね」

　エミリーはぱっと目を輝かせ、満面に笑みを浮かべてうなずいた。Nと口を動かしている。

　それがヒントとなって功を奏した。「ニックね」アリサは言って、うれしくなった。

　双子のもう一人がうなずき、さらにアリサに近づいて、彼女の頭を指さした。「頭、ぶつけちゃったんだよね。もう治ったの？」

「もうほとんど」

「またクッキーを焼ける？」

　ディランがくすりと笑うのが聞こえて、アリサはほほえんだ。「持ってきているのよ、クッキー。ちゃんとおいしく焼けているかどうか、だれかに確かめてもらおうと思って」

　双子がぴょんぴょん飛びはねた。「僕がやる！　僕がやる！　僕がやる！」

「食事のあとにね」赤毛の女性が言い、アリサに顔を向けた。「謎《なぞ》解きゲームは終わりにしましょう。頭を働かせるのは、もっと大事なときまでとっておいて。私、エイミーよ。ジャスティンの妻なの」

　アリサはその女性がすぐに好きになった。「ありがとう」それからジャスティンを見る。「株式市場はどんなようす？」

　ジャスティンは驚いて目をぱちくりさせた。「病院に見舞ったとき、君はなに一つ覚えていなかったのに。なにもかも思い出してるじゃないか」

「今日は大躍進の日だわ」アリサは調子に乗って言い、もう一組のカップルを見た。「マイケルにケイト。招いてくださってありがとう」

　マイケルとケイトはアリサを抱きしめた。「すっかりよくなって、ほんとうにうれしいわ」ケイトが心をこめて言った。

　失っていた自分自身をまた少し見いだすことができたうれしさに圧倒され、アリサは涙があふれそうになった。どうしたらいいのかわからず、反射的にディランの顔を見る。

すかさずアリサの表情を読み取り、ディランは彼女の背中に腕をまわした。「だれがクッキーの味見をしてくれるのかな?」そう言って、アリサの窮状を救った。「バーベキューはすぐにでも食べられるんだろうか?」

クッキー、クッキーと、子供たちが口々に叫びはじめ、大人たちはバーベキューの支度をしに戻っていった。

「ありがとう」アリサはささやいた。

「たいしたことじゃない」

二人は横長のピクニックテーブルに向かって歩きだした。やがてバーベキューが始まり、アリサは穏やかで楽しいひとときを堪能《たんのう》した。ケイトとエイミーはアリサがくつろげるように気をつかいながら、それぞれの家族の最近の出来事を伝えた。

「この子たちを正式に養子に迎えてから、まだ何週間もたっていないの」エイミーが言った。「ジャスティンはすばらしい夫であり、父親だわ」

「だれが想像したかしら?」ケイトが言った。「結婚アレルギーでけちん坊の億万長者の彼が、あっという間に理想的な父親に変身するなんて」

「子供のころも、彼はやさしかったわ」アリサは言った。

エイミーは眉を上げ、ケイトと顔を見合わせた。

「そんな昔のことまで思い出したの?」

「ところどころ」アリサは答えた。「子供のころのことは思い出したんだけれど、十代の記憶はおぼろげなの。ごく最近のことも徐々に思い出しているわ。もっとディランのことを思い出せるといいんだけれど。事故以来、彼にはほんとうにお世話になりどおしなのに、彼について覚えているのは私が十二歳ごろまでのことで、それ以降はまったく思い出せないのよ」

ケイトとエイミーはなにも言わず、心配そうな顔をしてアリサを見つめた。やがてケイトがアリサの隣に腰かけ、ぎゅっと彼女を抱きしめて言った。

「あなた、大変な経験をしたんだもの。急ぐことないわ。記憶が戻ろうと戻るまいと、あなたのことを心から思っている人たちはいるのよ。あなたが順調に回復しているので、私たちはほっとしているわ。なにかあったら、いつでも私に連絡してちょうだいね」

「私にもね」エイミーが言った。

二人の支えに元気づけられ、アリサはふっと安堵《あんど》の息をもらした。それでも、大切な記憶の溝がうまるまで、心から落ち着くことはできないとわかっていた。

ニックとジェレミーが走ってきて、アリサの目の前で立ちどまった。二人とも、顎にクッキーのかけらをつけている。「今のところ、クッキーはおいしいと思うよ」ニックが言った。

「でも、もうちょっと食べないと、よくわからないな」ジェレミーが三歳らしからぬずる賢さを見せて言った。

エイミーが横から口をはさんだ。「あなたたち、クッキーをいくつ食べたの?」

「たくさんじゃないよ」ジェレミーが答える。

エミリーが二人の背後から近づいてきた。「二人とも、四つずつ食べたわ」

男の子二人はじろりとエミリーをにらみつけた。

「もうそのくらいにしておきなさい。またジャスティンの車で気持ちが悪くなるのはいやよ」エイミーは顔をしかめてアリサを見た。「これも父親の喜びの一つね」

アリサはジャスティンを見た。しかし、視線はすぐに隣のディランに吸い寄せられた。彼の子供はどんな顔になるかしら、と考える。彼はどんな父親になるのだろう。彼はどんな女性を妻に選ぶのだろう。そう思ったとたん、嫉妬《しっと》にも似た感情に胸が締めつけられた。自分の感情の思わぬ動きにとまどい、アリサはエイミーと彼女の子供たちに注意を移した。

「クッキーは家に持って帰ってちょうだいね」

ディランが歩いてきて、アリサの耳元でささやいた。「ほらね、僕が言ったとおり、男の子たちはみんな、君のクッキーを欲しがるんだ」

からかうような、誘いかけるようなディランの口調に、アリサの全身の血液が熱をおびた。「まだ返事を聞かせてもらってないわ。それはあなたも含めて、ということ？」

一瞬、口ごもってから、ディランは言った。「手に入れられないものほど欲しいということがあるからね」

アリサはじれったくてたまらなかった。「そんな言い方、禁断のクッキーみたいじゃない？」

その夜遅くなってから、アリサはまたディランの夢を見た。キスをされ、体をまさぐられて、エクスタシーの波にのみこまれそうになったとたん、ふっと彼の姿は消えてしまった。

「だめよ！　行かないで！」アリサは自分の叫び声で目が覚めた。大きく肩で息をしながらベッドに上半身を起こす。興奮のあまり、胸は張りつめ、肌が熱っぽく、両脚の間が脈打っている。

自分でも信じられないほどのいらだちに駆られ、アリサは力まかせにシーツをはぎ、どうしても我慢できずに小さく金切り声をあげた。ほんとうは声を限りに叫びたかったが、ディランを起こすわけにはいかない。

アリサはベッドわきのランプもつけずに部屋を横切り、バルコニーに続くフレンチドアを開けた。

それと同時に、ディランが部屋に飛びこんできた。

「どうした？　また悪い夢を見たのか？」

アリサは、眠れない夜の原因をにらみつけた。ディランの裸の胸が月明かりを受けて光り、あわててはいたに違いない黒いズボンはボタンもとめられていない。あの下はきっと裸だ、とアリサは思った。

「ある意味では悪夢だわ」

ディランはさらにアリサに近づき、頬に触れた。

「熱っぽいじゃないか。具合が悪いのか？」

「たぶん」すねるように言って、顔をそむける。

「大丈夫だから」アリサはそう言って腕組みをし、またそっぽを向いた。「ベッドに戻ってちょうだい」

「どうしたんだ？」

アリサのいらだちは頂点に達していた。ディランにほんとうのことを伝えて、なにを失うというのだろう？「あなたが出てくる、とてもいやな夢を見たの」

「いやな夢？　どんな？」

アリサは一瞬、口ごもり、肩をすくめた。「エロチックな夢よ」

濃密な沈黙が長々と続いたあと、ディランが言った。「なんと」

「眠るたびに見るわ。あなたは私にキスをして、体中をまさぐって、私たち、今にも一つになりそうになる。そして、これ以上我慢できないって思った瞬間、あなたは消えてしまうのよ」アリサは息をつき、目を閉じた。「どうして毎晩、あなたの夢を見てしまうの？　事故の前、私たちってどんな関係だったの？」そう問いかけて、目を開け、ディランを見る。

「僕たちの関係は複雑だった」

「どんなふうに？」暗く陰ったディランの目をくい入るように見つめて、問いつめる。「話して」彼の体温が感じられるほど近づいて、アリサはささやきかけた。「教えてちょうだい」

ディランが目を細め、次の瞬間、彼の中のなにかがほころびたようだった。ディランは片手をアリサの髪に差し入れて頭を引き寄せ、唇と唇を重ねた。そして、ずっと前から求めつづけていたように、彼女をむさぼった。ディランの荒々しいふるまいに、アリサの興奮はいっきに高まった。

「君が相手だと、正しいことをするのがむずかしくなる」アリサの唇からかすかに唇を離して、ディランはつぶやいた。

「あなたにとって正しいことが、私には正しくないってこともあるのよ」アリサは言い、ふたたびディランの唇を自分の唇に引き寄せた。男らしく謎めいた味を堪能するうちに、もっと先に進みたいというなじみの欲求がこみあげてくる。

ディランはわずかに体を引いて、両手でアリサの両肩を撫《な》で、ネグリジェの一方の肩ひもをはずした。

「バルコニーで裸になっている君を見たんだ。あの夜は一睡もできなかった」

「おあいこだわ」ディランを見つめ、肩で息をしながらアリサは言った。「私だって眠れなかったんだもの」

目に欲望の炎を燃えあがらせ、ディランはネグリジェのもう一方の肩ひもをすべらせて下ろした。ディランの人差し指が胸のふくらみをたどり、その先端に触れたとたん、アリサは思わず息をのんだ。光沢のあるネグリジェがウエストまでずり落ち、むきだしになった胸をディランの視線がとらえる。

まるく円を描くように胸の先端を刺激しながら、ディランがくい入るように自分を見つめているのをアリサは感じた。やがてディランはアリサの背中を壁に押しつけ、自分の胸を彼女の胸に重ねた。えもいわれぬ感触に、アリサはため息をもらした。

濃厚なキスを続けながら、ディランは両手をアリサのヒップまですべりおろし、自分のこわばった部分に彼女の下半身を引き寄せてゆっくりゆすった。

ディランは心地よさに低いうめき声をあげ、アリサの硬くなった胸の先端を味わった。彼女はぐったりと壁に頭をもたせかけ、わきたつ血液がうなりをあげて全身をめぐり、快感の高みへと押しあげられるのを感じていた。

ディランの指先がショーツにすべりこんできて、アリサは驚いて息をのんだ。

「君に触れるのはとても気持ちがいい」アリサのもっとも敏感な部分をさぐりながら、ディランは言った。「ベルベットみたいだ」

アリサはそれだけでは満足できなかった。ディランを自分の中に感じたかった。自分と同じくらい、彼にも我を忘れてほしい。そう言おうと口を開けたが、ディランの指の動きに刺激されて、言葉を失った。指が動くたびに、体の中のなにかがぴんと張りつめていく。やがて全身がかっと熱くなって、限界を超えた快感が痙攣《けいれん》となって解き放たれた。

アリサはディランに体を押しつけ、快感の余韻に体を震わせた。深々と息を吸いこみ、ディランの情熱が解放されていないのを痛いほど感じながら、彼にしがみついた。「こんな形は望んでいなかったわ」低い声で言った。「私はあなたが欲しかったのに……」

「まだ早すぎる」抑揚のない声でディランが言った。「君はまだ回復の途中なんだ」

親密な行為のあとのそっけない口調に、アリサは衝撃を受けた。「自分の体のことは、自分が一番よく知ってるわよ」

延々と続く沈黙が、ディランの気持ちを伝えていた。とても信じられなかったが、彼に突き放され、拒絶されたような気がして、アリサは傷ついていた。

「どうして私にキスしたの？　私に触れたの？」

「君は解き放たれたがっていた」低い声でディラン

は答えた。「だから、手を貸したんだ」

「つまり、親切みたいなもの？」心が痛いほどしぼむのを感じながら、アリサは尋ねた。じわじわと屈辱感がこみあげてくる。彼女は一歩あとずさってネグリジェを引きあげ、体をおおった。

ディランが差し出した手から逃れ、アリサはさらにあとずさった。

「親切なんかじゃない。僕の反応は君も感じていたはずだ」

なにがなんだかわからず、アリサは首を振った。

「私にはわからない」

「さっきも言ったが、君にはまだ早すぎるんだ」

「そうは思わない。私はあなたを求めたのに、あなたは自分を抑えてしまった。私、あなたを傷つけて、それを忘れているの？　あなたを裏切るようなことをしたの？」

アリサに殴られたかのように、ディランは体をこわばらせた。「そうじゃないが、わかっているんだ。今、君の弱みにつけこんだら、君は僕を許さないと」

「私の弱みにつけこむことにはならなかったわよ。私、これ以上できないくらいはっきり伝えたわ。あなたが欲しいって」アリサはふたたび首を振った。「あなた、私を混乱させただけよ。私は親切なんか望んでいなかった。どうしてだかわからないけれど、あなたが気になってしょうがないのよ。その気持ちがあまりに強くて、どうしていいのかわからない。私はあなたと一つになりたかった。あなたの恋人になって、あなたを恋人にしたかった。解き放たれたらすむような欲望とは違うわ。もう親切なんてしないで。わざわざ人の手をわずらわさなくても、冷たいシャワーを浴びればすむことだから」そう言って、アリサはバルコニーにディランを残して立ち去った。

まっすぐバスルームに入っていって、ドアを閉め、ネグリジェを脱ぐ。シャワーを出して、罰を受けるような気持ちで刺すように冷たいしぶきの下に立った。アリサは、頭の中からも体からも、ディランを洗い流したかった。それでも、冷たいシャワーを浴びるくらいでは、魂にまで入りこんだ彼を追い出せるとは思えなかった。

ディランはうろうろと部屋の中を歩きまわって、眠れない夜を過ごした。耐えがたい刺激を受けた体と自尊心がせめぎ合っていた。その気になればできたのに、どうしてアリサを自分のものにしなかったのだろう？　彼女は僕を求めていた。どうして自分を偽り、彼女を拒んだのだ？

答えはすぐに出た。いつの日かアリサは記憶を取り戻すからだ。彼女は僕の裏切りを思い出すだろう。もっと悪いことに、僕に幻滅したことを思い出すはずだ。

翌朝、アリサは二階から下りてきたが、ディランといっしょに朝食をとろうとテーブルに向かいはしなかった。彼女の視線は落ち着かない。欲求不満と混乱の両方が争うようにその表情に浮かんでいる。ディランは立ちあがった。

アリサは体の前で両手を組み合わせて言った。

「一番いいのは、私が自分のアパートメントに戻ることだと思うの。フランス語は覚えているから、仕事にも復帰できると思うし……」

「医者からはまだ、仕事をしていいとは言われていないはずだ」胃が引きつるような思いをしながら、ディランは言った。

「もう時間の問題よ。それに、私が強く言えば、すぐにでも許可してくれるはずだわ」アリサは言い返した。

「あと一週間、ここにいてほしい。半日勤務から始めることにして、仕事場までは僕が送ってあげるから」

「どうして？」

「そうする責任があると思うからだ」

「もう聞きあきたわ」

「わかった。だったら、君は僕に借りがあるからだ」すかさず、ディランは次の作戦に出た。「僕は君をここに連れてきて、世話をやいた。その代わりに、君はあと一週間ここにいて、僕がきょうだいもどきを夕食に招待したとき、ホステス役を務めてほしい」

6

アリサは驚いてあんぐりと口を開け、ディランを見つめた。彼の冗談好きは知っていたが、家族に関してユーモアのセンスを見せることは、まずありえない。前の晩、恥をかかされたにもかかわらず、彼の異母きょうだいたちにかかわることに加えてもらったことで、アリサは不思議と誇らしさを感じた。

「私、聞き違えたのかしら？　異母きょうだいたちを食事に招待したいから、その準備のためにあと一週間、私にここにいてもらいたいって言ったの？　あの人たちには我慢ならないんだと思っていたけど」

ディランは首を振った。「関心がないだけで、積極的に嫌っているわけじゃない。だから、感動的な和解の場になるかもしれないなどと期待しても無駄だよ」

「じゃあ、どうして食事に招くの？」

ディランは息を吐き出して、しばらく迷ってから言った。「僕には欲しいものがあって、彼らに協力してもらうと、それが手に入れやすくなるんだ」

仕事の取り引きなのだと理解し、アリサは少しがっかりした。ディランと異母きょうだいたちが親しくなれば、みんなもっと豊かになるだろうにと思わずにいられない。でも、ディランの冷たい表情を見る限り、その可能性はないに等しいらしい。

「がっかりしたようだね」ディランが言った。「ハッピーエンドを期待するのはもうそろそろ卒業しなければ。いつもハッピーエンドになるとは限らないんだから」

「知ってるわ、そんなこと」アリサは言った。「でも、その可能性さえあきらめたら、あなたみたいに世をすねた悲しい人になってしまう。ばかみたいに聞こえるかもしれないけれど、私、期待って魔法みたいなものだと思っているの」どうだか、と言っているようなディランに向かって、アリサは顎を突き出し、彼の胸を人差し指でそっと押した。「それに、あなたって自分で認めているより期待していると思うわ。そうじゃなければ、どうして、お医者様から見込みは薄いって言われても、私の意識が戻ることを望みつづけたの？」

「それとこれとは話が違う。君の場合は生死にかかわる問題だった」ディランはアリサの人差し指を握り、自分の唇に押しつけた。「それに、君がいたほうがこの世は住みやすくなると知っているし」そう言って皮肉な笑みを浮かべ、アリサの指先をやさしく噛《か》んだ。「僕は血も涙もない皮肉屋というわけじゃないんだよ」

指から伝わってくる感触とディランの目の真剣さに、アリサの鼓動は速まった。彼が血も涙もない皮肉屋でないことはわかっていた。それが彼女には大きな問題なのだ。彼がそんなろくでもない人間であれば、もっと簡単に忘れられるだろう。ディランのやさしさや思いやりをかいま見てしまうからこそ、ますます彼が欲しくなってどうしようもないのだ。

「うちにいてくれるかい？」ディランがきいた。

アリサは、ディランの申し出を拒んでその場を立ち去る自分を思い描こうとしたが、できなかった。彼がしてくれたことを思えば、とてもそんなことはできない。

「一週間だけなら」アリサは言い、ディランの唇にはさまれた人差し指を引き抜いた。一週間疾走しつづける、感情のジェットコースターに乗ることを承諾してしまったような、不思議な気持ちだった。どうしたらこれ以上彼を求めないでいられるだろう？

一週間の初めの数日、仕事場まで車で送ってもらうときをのぞいて、アリサはできるだけディランを避けていた。家政婦と夕食会のメニューを考え、ディランに渡された住所に招待状を送った。それでも、短い通勤時間の間、すぐそばにいるディランのことが気になって仕方がなかった。彼の香りに胸をときめかせ、たびたび自分を見つめている彼の視線を意識した。冷静に見えても、ディランの内面には煮えたぎるなにかがあって、それが自分とは無関係ではないような気がした。キスをされた夜を思い出すたびに体は熱くなり、そのことが頭から離れなくなって、アリサはしょっちゅう厩舎《きゅうしゃ》へ行っては、体の不自由な子供たちに乗馬を教えるメグの手伝いをした。いつも自分の内面ばかり見つめているアリサには、外に目を向けることは、このうえない気分転換になった。

残された一週間の五日目、仕事を終えたアリサは自分のアパートメントに寄って、二カ月間、ほったらかしにしてあった車が動くかどうか確かめることにした。期待どおり、頼りになるホンダは二度キーをまわしただけでエンジンがかかり、息を吹き返した。医者からはまだ車の運転は許可されていなかったが、自分で許可してしまおうとアリサは思った。そして、ディランのボイスメールに手短にあいまいなメッセージを残し、読み方の個人授業の約束を果たしに〈グレインジャー少年の家〉へ車で向かった。

個人授業を終えると、アリサは母親と暮らしていたコテージまで歩いていった。ポーチに座っていると、いくつもの記憶が次々とよみがえってきた。チョコレートチップクッキーと夕食のおいしそうなにおいが今にも漂ってきそうだ。アリサの母親は料理の名人だった。ベッドに入ったアリサを母親がやさしく毛布で包み、髪を撫《な》でてくれたこと、毎日働きどおしの母親が、あなたにはもっといい暮らしがふさわしいのよ、と繰り返し言っていたことも思い出した。

アリサは、小さくても住み心地のよい自分たちの家が大好きだった。そこにいれば、自分は守られていると実感できた。父親がいないのは寂しかったが、きょうだいがいないのをのぞけば、たりないものは一つもないと感じていた。

さっとアリサの顔をかすめたそよ風が、よく晴れた八月の日の熱気をゆらしている。アリサの視界の隅に、猫がポーチに飛びおりて、日陰に入っていくのがちらりと映った。その虎《とら》猫の姿に、アリサの脳裏にまた新たな記憶がよみがえった。しぶる母親を説得して、なんとか野良猫を飼えるようにしたのだった。〝でも、家に入れてはだめよ！〟アリサはにっこりした。あのときの母親の声が頭の中で響きわたる。たいていは、アリサは母親の言いつけを守った。こっそり猫を家に入れたのは、ほんとうに寒さのきびしい数日だけで、母親がそれに気づいていることは知っていた。見て見ぬふりをしてくれていたのだ。

家に遊びに来るたびに、ディランは猫のことで文句を言ったが、虎猫が喉をごろごろ鳴らすまで撫でつづけた。文句を言うのは、彼の考えによれば、猫より犬のほうが断然いいからだった。大きくなったら、僕は世界で一番かっこよくて、一番頭のいいゴールデンレトリバーを飼うんだと言っていた。あこがれに満ちたその声を、アリサははっきり思い出せた。

アリサは、美しいけれど、犬のいないディランの屋敷を思い浮かべた。ゴールデンレトリバーを飼うという彼の夢はどうしてしまったのだろう？　その夢も、大人になるまでに捨てなければならなかったことの一つなのだろうか？　子供のころ、欲しくてたまらなかった犬に、今になって心を開くのは気が進まないのだろうか？

ディランが自宅に続く長い私道に目をこらすのは、この十分間で十度目だった。じっとりと体中が汗ばんでくる。

アリサが問題なく車を運転できるのはわかっていたが、彼女がハンドルを握るのは数カ月ぶりで、しかも、ラッシュアワーにセントオールバンズの繁華街を走っているはずなのだ。

彼女が交通事故にあったという知らせを初めて受けたときのことをついつい思い出してしまう。あのときは、体中から血液が一滴残らず抜けてしまったような気がした。息苦しくなって、ディランは意識して深々と息を吸いこんだ。もしアリサになにかあったら……。

話し合いで決めたとおりなら、アリサはあと三日でディランの家を出ていくはずだ。彼の思いは複雑だった。日を追うにつれ、アリサが差し出したものを自分のものにしないのも、彼女に触れずにいるのも、彼女で自分を満たさないでいるのも、つらくなる一方だった。ディランにとってアリサこそ、自分は一人ではないと感じさせてくれる唯一の女性、唯一の人なのだ。

　アリサがそばからいなくなって、そんな衝動から解放されるのが一番だ、という気もした。いずれにしても、いつの日かアリサはすべてを思い出すのだから。季節が変わるように、彼女の自分を見るあこがれのまなざしが軽蔑《けいべつ》の目つきに変わるのは間違いない。

　ディランは目を細めて、アリサのホンダが角を曲がってくるのを認めた。安堵《あんど》のため息をもらす。

「少なくとも、けがはしなかったようだ」彼はつぶやいた。

　ディランから少し離れたところに車をとめ、ドアを開けて姿を現したアリサは、彼に向かって手を振った。「見て、ママ」ふざけて言う。「私、車を手に入れたの」

　ディランはうなずいた。「そうらしいね。医者の言いつけを守らないとも決めたようだ」

　アリサはうれしそうにうなずき、ディランに近づいた。「そうよ、決めたの。仕方ないでしょう？　ずっといい子でいたら、光輪が頭にきつくなっちゃったのよ」

「どこへ行っていたのか、聞きたくないような気もするが」

　アリサは階段をのぼり、ディランの目の前で立ちどまった。「〈少年の家〉と、あと何箇所か」

「君には無茶をしてほしくないんだ」

　アリサはディランの手をとろうと手を伸ばしかけて、思いとどまった。ディランには、彼女が躊躇《ちゅうちょ》した理由がわかっていた。抱いてほしいと彼女は精いっぱい意思表示をしたのに、彼が応じなかったせいだ。

ディランのほうから手をとると、アリサの目がかすかに見開かれた。

「人生はチャンスだらけなのよ」アリサは言った。「たまには思いきったこともしないと、死んでいるのと同じだわ」そう言って、少し心配そうに唇を噛み締める。「だから、私、今日も思いきってやってみたの。少しだけ」消え入りそうな声で言う。

「少しだけ」ディランはおうむ返しに言った。

アリサは不自然なほど明るくほほえんだ。「〈少年の家〉へ行ったら、また思い出したの」

不安な気持ちで、ディランは話の続きを待った。

「どんなことを？」

「飼っていた猫のこと」

ディランはうなずいた。「タイガーだね」

「そうよ。あなた、口では文句ばかり言いながら、いつもあの子を撫でていたわ」

「あまりに醜い猫だから、かわいそうに思ってね」

「私を子供扱いするのも、同じ理由からなのかどうかは、きかないでおくわ」

ディランはくすっと笑った。「了解」

「ところで、あなたにはほんとうにお世話になったから、私、感謝の気持ちをこめてプレゼントをしようって決めたの……」

ディランは体をこわばらせ、握っていたアリサの手を放した。「それにはおよばない。君が恩に感じるようなことはなにもないんだ」

アリサは放された手をどうしていいのかわからないというように小さく振ってから、両手をしっかり組み合わせた。「実は、もう買っちゃったの。それで、あの、あなたが受け取ってくれて、気にいってくれたらいいんだけれど」一瞬、言葉を切ってから、期待をこめて尋ねる。「そうしてくれる？」

「そうしてくれるって？」

「受け取ってくれる？」

ディランは居心地悪そうに肩をすくめたが、アリサの期待に満ちた目が輝きを失うのを見たくはなかった。「もちろん」そう言って、ふたたび肩をすくめる。「なにをもらえるのかな？」

「よかった」アリサは心からほっとしたように言い、ちらりと車のほうを見た。「車の中にあるの。目をつぶってちょうだい」

「なぜ？」ろくに考えもせず、受け取るなどと言うべきではなかった、とディランは思った。

「私がそうしてほしいから」アリサはあとに引かなかった。「簡単なことだわ。なんの損にもならないはずよ。とにかく目をつぶって」彼女は言い、片手を上げてディランの目をおおった。「盗み見しないって約束して」ディランがなにも言わないので、アリサはさらに言った。「約束してってば」

ディランは思わずうめき声をあげそうになるのをこらえた。「約束する」

石造りの階段を下りて、私道を歩いていくアリサの足音が聞こえた。かすかな音をたてて車のドアが開く。「盗み見しちゃだめよ！」アリサが叫んだ。

「していないよ」ディランは言ったが、本心は死ぬほど盗み見したくてたまらなかった。

アリサは車のドアを閉め、足早に階段をのぼってディランの目の前に立った。「目を閉じたまま、両腕を差し出して」

ディランはとまどい、眉をひそめた。「いったいなにを……」

「目を閉じたまま、両腕を差し出して」アリサが繰り返す。

「わかった」ディランは言い、両腕を差し出した。

そのとたん、腕の中でなにかもこもこしたものがうごめくのを感じた。思わず目を開けて見おろすと、ふわふわしたゴールデンレトリバーの子犬がディランを見あげている。子供のころの記憶がいっきによみがえり、子犬が欲しくてたまらなかった狂おしいほどの思いがまざまざと思い出された。もう二十年近く前のことだ。そのとき、キャラメル色の目でくい入るようにディランを見つめていた子犬がいきなりおしっこをして、彼のイタリア製のローファーを濡《ぬ》らした。

ディランは小声で毒づき、信じられないと言いたげにアリサを見つめた。

アリサは子犬の〝失敗〟を目のあたりにして首をすくめた。「あら、まあ。トイレのしつけが必要みたいね」そう言って、にっこりほほえむ。「紹介するわ。トントよ。あなたが夢に見ていた犬」

ちょっと待ってくれ、と言いたくて、ディランは口を開けた。自分はもうペットを飼うような人間ではないと彼は思っていた。飼いたかったのは子供のころの話だ。今では、そういったしがらみは求めていない。よけいなものは、なに一つ身近に置いておきたくなかった。もぞもぞと腕の中で子犬が動き、ディランはアリサの目をのぞきこんだ。喜ばれることを期待して、きらきら目を輝かせている彼女をがっかりさせるようなことはとてもできそうになかった。ちくしょう。ディランは喉元まで出かかっていた山ほどの拒絶の言葉をのみこんだ。

なにかが完全におかしい。目の前にいるアリサを抱くことは拒絶できても、たった今、彼のイタリア製の高級靴をだいなしにした贈り物を拒めないとは。

「トントと言ったね」今後一年、家中の家具を取り替える原因になりかねない子犬を見ながら、ディランは言った。

「トントよ」アリサはうなずいた。「犬を飼ったら、そう名付けるんだって、あなた、いつも言っていたわ。あなたが夢に見ていた犬よ」そう言って、ディランの靴に視線を落とす。「ちょっとしつけは必要だけど」

　ディランは緊張感にうなじがこわばるのを感じた。

「どうして僕に犬を贈ろうと思った？」

　アリサはきまり悪そうに声をあげて笑い、そっぽを向いた。「記憶をなくして、思い出がどんなに大切かわかったの。そして、子供のころの記憶をいくらか取り戻したら、子供時代が自分にとってどんなに大切だったか、気づかされた。あのころは、なに一つ完全じゃなかったけれど、すべてに可能性があったわ」彼女はディランを見つめた。「あなたの人生はほとんど完璧《かんぺき》なものになっているけれど、私にはあなたが可能性や夢を失ってしまっているように思えるの。だから、あなたに夢を差し出して、まだ可能性を信じていたころのことを思い出してくれたらいいと思って。それに」アリサは言い添えた。「その子がいれば、私がいなくなったあとも、いい気晴らしになるわ」

　君はなにも知らないんだ、とディランは思った。毎晩のように、過去を書き替えることができたらどんなにいいだろうと僕が夢見ていることを。犬がいたって、その夢はかないはしない。

　次の日の夕方、アリサはそわそわと家の中を歩きまわり、ディランの異母きょうだいが訪れるのを待っていた。招待状の返事は一通しか届いていなかったが、家政婦には五人分の食器をテーブルに並べてもらった。

　ディランは、前の晩、ほとんど休みなく哀れな鳴き声をあげていたトントにつきっきりで、なんとかなだめて落ち着かせようとしていた。家が恋しいんだわ。子犬がまた悲しそうに遠吠《とおぼ》えするのを聞きながら、アリサは思った。

ドアベルが鳴って、アリサの心臓は口から飛び出しそうになった。お客を迎えに足早に玄関に向かいながら、招待したレミントン家の三人がそろって戸口に現れますようにと願い、おまじないに人差し指と中指を交差させた。扉を開けると、戸口には一人しか立っていない。「グラント」アリサは言い、必死で笑みを浮かべた。「どうぞ、お入りになって。来てくださって、うれしいわ」

　グラントはうなずき、あたりを見まわしながら玄関に足を踏み入れた。彫像のようにととのった顔はいかにも退屈そうでよそよそしいが、好奇心は隠しようがないらしい。アリサは深呼吸をして、よけいなことは考えまいとした。今夜は家族の絆《きずな》を取り戻すいいチャンスなのよ。可能性を信じる夜なの。ディランは信じていなくても、アリサはその可能性を信じていた。

　子犬がまた悲しそうに鼻を鳴らすのが聞こえると、グラントが首をかしげて尋ねた。「犬ですか？」

「子犬です。うちに来たばかりなので」グラントの先に立って応接室に向かいながら、アリサは言った。「ママが恋しいんでしょう」

「犬の種類は？」かすかに興味をそそられたように、グラントが尋ねた。

「ゴールデンレトリバーです。ごらんになります？」

　グラントは肩をすくめた。「ええ」

「こちらです」アリサがグラントをサンルームに案内すると、ディランが子犬の頭を撫でながら小声で話しかけているところだった。

「君が哀れな声で鳴くのは聞きたくないんだ。でも、ちゃんとトイレができるようになるまで、君をここから出すわけにはいかないんだよ」

　話しかけられているのがうれしいらしく、トントはしきりにしっぽを振っている。

「かわいい犬だ」グラントが言った。

ディランと子犬は同時に顔を上げた。ディランはグラントの目を見つめて言った。「ありがとう」

グラントは子犬を撫でようと近づいた。「飼いはじめたばかりだそうだね？」

ディランはうなずいた。「靴を濡らされないように気をつけて。トントはだれかれかまわず、だから」

グラントはアリサからトントへ、ふたたびディランへと視線を移し、端整な顔をゆがめて苦笑いをした。そして、その場にかがんでトントの頭を撫でた。

「僕は昔からゴールデンレトリバーを飼いたかったんだ」

「ディランと同じだわ」アリサは言った。「彼も昔から飼いたがっていたんです」

ディランは好奇心もあらわにグラントを見つめた。

「どうして今まで飼わなかったんです？」

「母親がプードルを飼っていてね。家で飼うには、レトリバーは大きすぎるというのが彼女の考えだった」

ディランは肩をすくめた。「だったら、プードルは飼っていたんですね」

「母親が飼っていたんだ」グラントは訂正した。「あれは子供嫌いの犬でね。子供嫌いといえば、うちの両親もそうだったんじゃないかと僕は思っている」グラントは言い、唇をゆがめてくすっと笑った。

どう応じていいかわからず、アリサはディランをちらりと見て助け船を求めた。ところが、ディランはじっと考えごとをしていて、まるで気づいてくれない。「ほかのごきょうだいもお招きしたんですけれど、お二人からはお返事をいただいていないんです」

「弟は自分を見つめ直したいと言って、バングラデシュを旅しているところなんです。妹は、カクテルパーティでディランに会って以来、悪夢にうなされつづけているようだ。目をつぶって我慢していれば、そのうち悩みの種は消えてしまうというのが彼女の持論でしてね」

「では、どうしてあなたはいらしたの？」

グラントは作り笑いをした。その鮫《さめ》のような笑みを見て、アリサは背筋が寒くなった。「君に協力してもらいたいことがあってね」

ディランは一瞬、間をおいてから、異母兄の率直さを歓迎するようにうなずいた。「それはいい。僕もあなたに力を貸してもらいたいことがあるんです」

「取り引きの前に、お食事はいかがです？　家政婦さんが腕によりをかけて準備してくれたんです」

「犬はどうするんです？」グラントは尋ねた。

ディランは子犬を犬小屋に押しこんだ。「トントは、食事中のバックミュージックの担当だ」そう言うなり、子犬はくんくんと鼻を鳴らしはじめた。

アリサの見たところ、食事の時間は、機転と反射神経のコンテストと言うほうがふさわしかった。運ばれてくる料理を食べる間ずっと、ディランとグラントはたがいの質問をはぐらかし、牽制《けんせい》し合っていた。家政婦がデザートのチェリーフランベを運んでくると、アリサはこれでようやく気づまりな時間もおしまいだとほっとした。そして、ほんの少しデザートに口をつけただけで中座し、ディランとグラントを残して自分の部屋に引っこんだ。

ディランは家政婦に食後のブランデーを持ってくるように言ってから、外のベランダか応接室か、どちらでブランデーを飲みたいかとグラントに尋ねた。

「外がいいね」グラントは答えた。「今日は一日中、屋内にいたから」

ブランデーを片手に異母兄と向き合ったディランは、さぐるような目をしてきいた。「で、なにが望みなんです？」

グラントは眉を上げた。「君はものごとをずばずば言うほうだね。気にいったよ。僕の望みは、〈レミントン製薬〉の最高経営責任者《CEO》を決める際、私に投票してほしいということだ」

「なぜです？」

「僕は〈レミントン製薬〉のことをよく知っているし、だれよりも気にかけている」グラントは目を細め、さらに言った。「父親より気にかけているかもしれない」

「父親のことは、僕はよく知らないので」ディランは言った。声に苦々しさがにじむのを抑えきれなかった。

「欠点のめだつ人だった」グラントは言った。「しかし、最後には正しいことをしようとした。亡くなるまで、君という息子がいることを隠していたのは正しいことではない。せめて遺書で正しいことをしようとしたのだと、僕は思っているんだ」

「不思議なものです」ディランは言い、少しだけブランデーを飲んだ。「幼い子供のころは、だれも金や大邸宅に興味はない。ただ父親さえいてくれたら、と思っている」

「あの人はいい父親とは言いがたかった。子供に対しては無関心だった。運動会にも卒業式にも来てくれたことはなかったよ。しかし、父は君の大学の学費は払って……」

「とんでもない。学費は払ってもらっていませんよ」ディランは否定した。「僕は野球選手として奨学金を得て、たりない分は貸し付けを受けたんです。それも、あなたのお父さんが亡くなる前に、全額返済しました」

グラントの自分を見つめる目にかすかに尊敬の念が浮かぶのをディランは感じた。「ほう。野球選手として奨学金を。よほど優秀だったんだろうね」

「〈グレインジャー少年の家〉では野球ばかりやっていましたから。ほかに金のかかるようなことはなにもできなかったし」

グラントはため息をついた。「それが人生というものだ。君は父親とはいい関係を結べなかった。しかし、彼女とはいい関係を築いている」

ディランは眉をひそめた。「彼女？」

「アリサだ」グラントは言った。「友達なのか、それ以上の関係なのか、僕にはわからないが」

「彼女とのことは込み入っているんです」ディランは言い、心の中で言い添えた。あんたの知ったことじゃない。

「ユニークな女性だ。君があきたら……」

「ばかな」ディランは言った。「そんなことはありえない」

グラントは肩をすくめた。「僕が君になにを求めているかは話した。で、君は僕になにをしてもらいたいのかな？　レミントン家の財産をもっとよこせというのかい？　カントリークラブに入れるように、口をきいてほしいとか？」

ディランはほほえんだ。異母兄は明らかにディランを見くびっていた。「そういうことではありません。〈レミントン製薬〉に新たに生体工学の研究部門を設けたいので、その力添えをしていただきたいんです」

グラントは目をむいた。「膨大な金が必要だぞ」

「ええ。初年度の活動資金は確保してあります」

「どこから？」

「私的な慈善団体から」

「半端な金じゃない」グラントは疑わしそうに言った。「慈善でそんな大金を寄付したがる者は、僕のまわりにはまずいない」

ディランはふたたびほほえみ、グラスを掲げた。

「だったら、付き合う相手が悪いんでしょう。で、僕と取り引きされますか？」

「君が生体工学の研究プロジェクトを始めるのに力添えをしたら、ＣＥＯを決める際、僕に投票してくれると、そういうことだな？」グラントは長々と品定めするようにディランを見つめてから、心を決めたようだった。そして、片手を差し出した。「取り引き成立だ」グラントは言った。「今度は、うちで食事をしよう」

　異母兄の手を握りながら、ディランは驚きと同時に成功の喜びがこみあげるのを感じた。なによりも大切なのは、求めていたものが手の届く範囲に近づいたということだった。

7

　アリサは階段の踊り場から、たった今、グラントが出ていった玄関の扉を見つめているディランを不安そうに見ていた。うまくいったの？　うまくいかなかったの？　そして、とうとう好奇心に負けて声をあげた。「どうだったの？」

　ディランは振り返り、満面に笑みを浮かべた。

「うまくいったなんてものじゃない！」そう言って、階段を駆けのぼり、アリサを抱きあげてくるくる回転した。「ありがとう」

　うれしさと困惑を同時に感じながら、アリサは必死でディランにしがみついた。「ありがとうって、どういうこと？　グラントとほかのきょうだいを食事に招こうって思いついたのは、あなたよ」

ディランは回転するのをやめ、自分の体に沿わせてゆっくりすべらせるようにしてアリサを床に下ろした。ディランの胸板の固さと彼の香りにアリサは頭がくらくらし、彼の熱いまなざしには、足から力が抜けそうになった。

「でも、そう思いついたのは、違う環境で彼らに会うのもいいかもしれないと君に言われたからだ」ディランは頭を下げ、アリサにキスをした。「感謝しているよ」

アリサの鼓動はいっきに速まった。「どういたしまして」やっとの思いで言う。「ということは、少しは気持ちが触れ合うようなことがあったの？」

自分でも信じられないというように、ディランはゆっくりうなずいた。「あったよ。今度は彼の家で食事をしようとも言われた。あまりあてにはしてないけれどね。大事なのは、僕が〈レミントン製薬〉で新たな研究プロジェクトを始めるとき、彼に力を貸してもらえるとわかったことだ」

「よかったわ。ほかのごきょうだいにも来てもらえたらよかったんだけれど……」

そんなことはかまわないとばかりに、ディランはさっと手を振った。「ほかの連中はどうでもいいんだ。グラントに力添えしてもらって、プロジェクトの計画がスムーズに運びさえすれば、僕はそれでいい。彼が最高経営責任者《CEO》の座をねらっていて、僕の支持を欲しがっていることもわかったし」

あっさりそう言われて、アリサの胸はちくりと痛んだ。ディランは自分以外のだれも必要としていないのでは、と思えてならなかった。まるで自分だけの世界を築いて、その中に閉じこもり、なにもかも一人で解決しているかのようだ。彼は、セックスの対象として以外に、女性を求めたことがあるのだろうか？　その人がいなければ生きていけないと思うほど、一人の女性を必要としたことがあるのかしら？　なにもかも自分で解決する必要はないと、どうやったらディランに伝えられる？

「うまくいった」ディランは言い、全身を駆けめぐる喜びを噛《か》み締めた。さらにアリサの目を見つめながら顔を下げ、彼女に唇を重ねて、さっきよりもゆっくりとキスをした。唇で唇を丹念にまさぐり、彼女の口の中に舌先をすべりこませる。

アリサは全身の血液が徐々に温まっていくのを感じた。進んで口を開けて、彼の舌を招き入れる。ディランは一方の腿をアリサの脚の間に割りこませた。さらに両手をアリサのヒップまですべりおろし、ゆっくりと腰を押しつける。そのエロチックな動きに期待感は高まり、アリサの体は熱くなりはじめた。

ディランはしぶしぶアリサの唇から唇を離し、苦しそうに息をしながら、小声で毒づいた。「キスをしただけで、僕はもう爆発寸前だ」

アリサは大きく息を吸ってから、ささやいた。

「キス以上のことをしたら、どうなるのかしら？」

ディランの目が危険なほどの欲望をたたえてぎらりと光った。「君のせいで、僕はますます正しいことをするのがむずかしくなる」

「あなたがしているのは正しいことじゃないのかもしれない。私、車の運転だってできるんだもの。もうじゅうぶんに回復しているから……」

ディランが片手でアリサの口をふさいだ。ふと反抗心に駆られ、アリサは彼のてのひらに舌を這《は》わせた。ディランは鋭く息を吸いこみ、首を振った。

「出かけたほうがよさそうだ」そう言って、体をうしろに引いた。「しばらく出かけてくる。またあとで」

アリサは壁にてのひらを押しつけ、立ち去っていくディランを見つめていた。不思議と怒りも屈辱も感じていなかった。下半身のこわばりのせいで、たどたどしい足取りのディランを見て、自分だけが欲求不満の体をもてあましているのではないとわかり、うれしかった。

私、彼を悩ませているんだわ。アリサは笑みがこみあげるのを感じた。深々と息を吸いこみ、次の段階に踏み出す勇気が自分にあるだろうかと考えた。熱い可能性を思って、思わず目を閉じる。でも、また拒絶されたら？　彼が応じてくれなかったら、どうするの？

それでも、思いどおりになるかもしれないという可能性は無視できず、試してみたくてたまらない。

アリサはふたたびほほえんだ。私、もっと彼を悩ませるわ。

ディランは、車を走らせて頭を冷やすついでにジャスティンの家に寄って、よい知らせを伝えることにした。しかし、玄関に足を踏み入れるとすぐ、子供たちを寝かしつけたばかりのジャスティンとエイミーが、二人だけでロマンチックな夜を過ごそうとしていたところだとわかった。

ディランはプロジェクトに関する最新情報を手短にジャスティンに伝え、ルーフをたたんだオープンカーを家に向かって走らせた。風に吹かれて、少しは思慮分別を取り戻せたらと願いつづけた。それでも、心はいつの間にかアリサに引き寄せられ、腕に抱いた彼女の感触をまざまざと思い出してしまう。彼女のキスはたしかに、ディランのすべてが欲しいと訴えていた。彼女のすべてがディランを誘っていた。あの目つきが、肌の感触が、そして、息づかいさえ。

ディランは、アリサの中に分け入り、繰り返し自分のものにしたいという衝動と闘っていた。

アリサへの欲望に、体の一部はまだこわばったままだった。思わず呪《のろ》いの言葉が口をつく。彼女がいなくなるまで、あとほんの二日だ、とディランは自分に言い聞かせた。それまでは自分に課された義務を果たし、弱みにつけこむことなく、彼女が健康を回復する手伝いをするのだ。あと二日、眠れない夜を過ごせば、彼女は僕の手の届かないところへ行く。そして、ほどなく、数年前の出来事を思い出して、僕を憎むだろう。さらに彼女に憎まれるようなことを、今するべきではない。

三十分後、気持ちの整理をつけたディランはガレージに車を入れて、家まで歩いていった。家の中は静まり返っていた。アリサが話し合いを続けようともせず、起きて待ってもいないと知って、ディランは安堵《あんど》の息をついた。トントのようすを見に行くと、子犬はすやすやと眠っていた。

ディランはそっと階段をのぼって廊下を歩き、アリサの部屋の前で立ちどまった。木の扉に手を触れて、中にいる彼女のことを考えた。そのとたん、下半身がうずきはじめる。ディランは欲望を振りはらって扉から手を離し、自分の部屋へ向かった。

扉を開けて部屋に入ったが、明かりをつける気にもなれない。脱いだ服をぞんざいに衣服掛けに引っかけ、ベッドに体を向けた。すると、ベッドにだれか横たわっている。

あたりは真っ暗闇《くらやみ》も同然だったが、アリサにはディランが自分を見た瞬間がわかった。あたりの空気が電気をおびたような気がした。鼓動がいっきに高まる。

「ここでなにをしているんだ？」

「あなたを待っているの」アリサはささやいた。

ディランは息を吐き出したが、アリサにはまだ彼が緊張しているのがわかった。二人の間の空気もまだ張りつめている。「なぜだ？」ディランは強い調子できいた。

迷惑そうに言われても、アリサはたじろがなかった。「私はあなたが欲しいし、あなたも私を欲しがっているから」

ディランは小声で毒づいた。「どうしてこんなふうに事をやっかいにしなければならない？」

アリサはありったけの勇気を振り絞り、シーツをはいでベッドの端に這っていった。ディランの口を口でふさいで、裸の胸を彼の胸に押しつける。「どうして事をやっかいにするか？」息をするのさえむずかしかったが、彼女は軽やかにからかうように言った。「それって、私の仕事じゃないの？」

「こんなことをして、君に後悔してほしくないんだ」ディランはつぶやき、指先をアリサの髪に差し入れた。

「死にかけると、不思議な心境になるものなのよ、ディラン」アリサは言った。「どんな機会も逃したくないって思うの。私、あなたとのチャンスを逃したくない」

ディランが長々とためらうのを、アリサは息を殺して待ちつづけた。

「ああ、アリサ」ディランはつぶやき、彼女を抱きしめた。「だったら、僕を楽にしてくれ。ずっと君を待ちつづけていたんだ」

彼はどのくらい待っていたのだろうという思いがアリサの頭の片隅をかすめた。それと同時に、彼女には、ディランが築いていた心の壁が、がらがらと崩れ落ちるのがわかった。熱情もあらわな口づけを受けながらディランにしがみついたアリサは、体中の血液にその熱情が流れこみ、煮えたぎるのを感じていた。

熱烈なキスと激しい欲望のエネルギーに圧倒され、アリサは頭がくらくらした。ディランの大胆なてのひらが彼女の硬くなった胸の先端をまさぐり、さらに体をすべりおりて、むきだしのヒップをつかんで引き寄せる。みるみるつのる期待感に、アリサは身を震わせた。

「僕に触って」ディランは言い、口を開いた官能的なキスでアリサを誘った。

ディランの愛撫《あいぶ》を受けてアリサの胸はふくらみ、両脚の間は熱をおびてうるおっている。アリサは両手をディランの温かくてなめらかな肩から胸へとすべらせながら、彼と今夜のことは、どんなささいなこともすべて胸に刻みつけようと心に誓った。今夜の出来事はこれからの自分にとって大事な意味を持つという思いが、体の奥からわきあがってくる。そんな思いが急にアリサを大胆にさせ、今夜のことはディランにとっても忘れがたい思い出にさせなければ、という気になった。

アリサは頭を下げ、舌でディランの胸をたどってから頬を押しつけ、力強くはねるような鼓動に耳をすました。それから、下腹部からへそ、その下のやわらかい茂みへと蛇行するように手を移動させていく。

あせってはいけない、とアリサは心に決めた。ディランが息を殺して待っているのがわかり、自分でも先に進みたくてたまらなかったが、そんな衝動を抑えこんで手をずらし、彼の硬い腿をまさぐった。

さらに顔を上げてディランの呪いの言葉を唇で受けとめ、彼がもっとも触れられたがっている部分へと徐々に手を近づけながら、むさぼるように口づけを交わしつづけた。

「いつまでじらしつづけるつもりだ？」唇を重ね合わせたまま、ディランが尋ねる。

「とても気持ちがいいから、ずっとこのままにしたいわ」アリサは言い、舌を彼の舌にからませ、同じように指先を彼の快感の源にからませた。

ディランのうめき声がアリサの口の中に響く。

「君の好きにばかりはさせない」彼は警告し、そっとアリサをベッドに押し倒した。彼女の両脚の間に膝を割りこませ、胸の先端を口に含む。「君の味が好きだ」ディランのささやきが、アリサをこの世でもっとも魅力ある女性になったような気にさせる。

ディランは両手でアリサの腰をはさみつけてから、指先を腿に這わせて愛撫した。さらに、彼女のもっとも敏感な部分をさっと一度だけ指先で撫《な》で、ふたたび腿をさすった。

ディランにおおいかぶさられたまま、アリサはもどかしげに身をよじった。彼の指先がふたたび両脚の間をかすめる。口で胸を、指先で下半身をじらすように愛撫され、アリサは全身に汗をかきながら、唇を噛み締めた。

ふたたび下半身を撫でられ、アリサは背中を弓なりにしてディランに体を押しつけずにはいられなかった。彼が欲しくてたまらない。

「これが好きなんだね」ディランはかすれた声でうれしそうに言い、さらにアリサをさすりつづけた。やがてディランの指が体に分け入り、アリサは耐えがたい快感に襲われた。

アリサは気がどうかしそうになって、ディランの手を押さえつけた。「今度はいやよ。この間みたいな終わり方はさせないで」

「ああ、アリサ」ディランのくぐもった笑い声がさらにアリサの神経を震わせる。

アリサは指先でディランの顔に触れ、その目をのぞきこんだ。「約束して」彼女はささやく。「約束してちょうだい」

ディランの目の中の、とらえがたく謎《なぞ》めいたなにかがきらりと光った。「約束するよ」そう言って、彼は唇を重ねる。

ディランはアリサの下半身へと頭を下げていき、口で彼女を愛撫しはじめた。アリサはベッドカバーを握り締め、たまらなく心地よく、邪悪な舌の動きを堪能《たんのう》しつづけた。

快感に息も絶え絶えになりながら、アリサはかすむ目でディランを見おろした。どうして彼とは以前からなじんでいるような気がするのだろう? 何度も夢で見ていたから、実際に経験したような気がするの?

ディランはベッドわきの引き出しから避妊具を取り出して身につけ、顔が触れ合うほどアリサに近づいた。「僕は、二人でいっしょに終わると約束した。だから、君も僕とこうなったことを決して後悔しないと約束してくれ」

低い声で命じるように言われ、アリサは胸が痛くなった。どうしてディランと一つになることを後悔できるの? 知らないうちに目に涙がこみあげる。

「後悔するなんてありえないわ。どうして……」

「約束するんだ」そう迫るディランの目にはさまざまな感情が宿っていた。

「約束するわ」アリサが言うなり、ディランは彼女と体を重ねた。

自分を制するようにディランはゆっくりと息を吐き出し、アリサの中でゆっくりと動きはじめた。

アリサは、二人が完全に一つになるのを感じていた。ゆっくりと腰が押しつけられるたびに、ディランが自分の一部になっていく。

やがて圧倒的な充足感に身も心も満たされ、アリサは快感のきわみにのぼりつめていった。

真夜中にふたたび、ディランはアリサを求めた。欲望に正直な行為は、最初のときよりすばやく荒々しかったが、アリサは息もつけないほどの快感と満足感に我を忘れた。夜が明けてからさらにもう一度、自分のベッドにいるアリサの存在を味わうかのように、ディランはじっくり時間をかけて彼女を抱いた。

何度もディランと一つになったアリサの中には、彼の心の傷をすべて癒《いや》し、望みをすべてかなえてあげたいという思いが芽生えていた。

　カーテンのすき間から差しこむ日の光を受けながら、アリサはディランの目を見つめて言った。「愛しているわ」

　ディランはかすかに目を見開き、鋭く息を吸いこんだ。「それは、君が言わなくてもいいことだ」

「だって、愛しているんだもの」アリサはディランの顔に触れながら言ったが、ほんとうは彼の心に触れたかった。「どうしてそんなに驚いた顔をするの？」

　ディランは首を振った。「ずいぶん長い間、だれにも言われたことがなかったから」

「わからないことがあるの」アリサは言った。「私たちは今、強く惹《ひ》かれ合ってるわ。それなのに、この数年間、私たちはどうして親密な関係じゃなかったの？」

　ディランは顔をそむけ、目を細めた。アリサは、二人の間の距離が急激に広がるのを感じた。「込み入った事情があるんだ」

「どんな事情？　説明してちょうだい」

　ディランはアリサの手を握ったが、目はそらしたままだった。「知らなければならないことは、時期さえ来れば、きっと思い出すだろうし、僕たちのことは、君が自分で思い出したほうがいいと思う」

「でも……」

　犬の鳴き声が聞こえた。

　ディランはくすりと忍び笑いをもらした。「僕の夢見た犬は膀胱《ぼうこう》が破裂寸前らしい。トントを散歩に連れていくよ」彼は言い、アリサの唇に軽くキスをした。「君はもうしばらく眠るといい」

　ジーンズをはいて部屋を出ていくディランを見ながら、アリサは釈然としない思いにさいなまれていた。彼女が交通事故にあう前に、二人が親密な関係になかったのには明らかに原因があり、それをディランは知っているに違いない。アリサはベッドに上半身を起こして目を閉じ、その原因を思い出そうとしたが、見えるのは暗闇ばかりだ。鋼鉄の扉に突きあたったような気分だった。どうしても突きとめなければ、とアリサは思った。その原因はいまだに、不気味な亡霊のように二人につきまとっているのだから。

　なんであろうと、その過去の出来事は、私が思い出して払いのけない限り、今後の二人の障害になりつづけるだろう。そう気づいて、アリサはずっとした。ディランが教えてくれないなら、自分でどこへでも出かけていって、情報を集めるしかないわ。

8

　二人の取り決めでは、アリサは月曜日には家を出ていくはずだったが、彼女もディランもそのことには触れようとしなかった。アリサは彼の家にとどまりたかったし、ディランはなにも言わなかったが、彼女が家にいつづけることを望んでいるのは態度でわかった。

　毎晩、ディランはアリサを抱いたが、愛しているとは決して口に出して言わなかった。奇妙な話だ。確認し合ったことはなくても、アリサは二人を結びつけているのは深く真剣な愛情以外のなにものでもないと感じていた。それが思い違いでないことを、アリサは心から願っていた。

交通事故にあう以前に、自分とディランの間になにがあったのか知りたいという思いは耐えがたく、アリサは病院の精神科医を訪ねて、思い出したいのに思い出せないことがあってたまらないのだと訴えた。しかし、精神科医は、ある種の感情が記憶の回復をはばんでいるのかもしれないと言い、とにかく今は回復期なのだから、あせらないことだと繰り返すばかりだった。

医者の答えに満足できないアリサは、ケイトとエイミーに連絡をして、翌日、会う約束をした。待ち合わせ場所はセントオールバンズの繁華街にある喫茶店で、ケイトは赤ん坊のミシェルを連れてきた。三人は紅茶とケーキを注文した。

「驚いた。まるで小さなレディね」赤ん坊用の椅子のトレイにケイトがのせたシリアルを一つずつつまんでは口に運んでいるミシェルを見て、エイミーが声をあげた。

ケイトは笑いながら言った。「お行儀がいいのはせいぜい三十分よ。そのうち、ものすごい声で叫びだして、お店にいられなくなるわよ」さらにアリサを見て言う。「連絡してもらって、うれしかったわ。どうしているかしらって思っていたの」

「おおむね良好よ」ケイトとエイミーの思いやりをありがたく思いながら、アリサは言った。「ディランはひやひやしているけれど、車も運転しているわ。仕事に支障がないくらいフランス語も思い出したし。〈少年の家〉に住んでいたころのことも、ずいぶん思い出したわ。でも、事故にあう前のことが思い出せなくて、じれったくてたまらないの。それで、あなた方に助けてもらいたいと思って」

「なにが知りたいの？」エイミーが尋ねた。「あなたについてジャスティンはいい印象しか持っていないわ。それから、私、ジャスティンと結婚したばかりのころ、とんでもない間違いを犯したような気になってしまって、あなたの助言がきっかけで彼を見る目が変わったのよ」

「あなたは、彼らにとってかわいい妹みたいな存在だったって、マイケルはいつも言っているわ。もちろん、ディランはのぞいてだけど」ケイトがほほえみを浮かべて言い添えた。

「ディランは私をどう思っていたのかしら？」アリサは尋ねた。

ケイトとエイミーは顔を見交わした。「彼は、マイケルやジャスティン以上にあなたを思いやっていたわ。あなた、〈少年の家〉に住んでいたころのことは思い出したんでしょう？」ケイトが尋ねた。

「ええ。でも、ほかにもなにかあったような気がするの」アリサは言った。「なにかあったはずなのよ」

「私、それほど前からディランを知っているわけじゃないけれど、あなたがそばにいるときはいつも、彼はあなたの気を引こうとしていたわ。でも、あなたにその気はないようだった」ケイトが言った。

「原因は、十代のときの私たちの関係だわ、きっと」アリサは推理した。

「ディランと付き合っていたときのこと、覚えているの？」エイミーが尋ねた。

「全部じゃないわ」アリサは答えた。「まだ〈少年の家〉に住んでいたころ、夜、こっそり家を抜け出して、彼と話をしたり……」二人だけの秘密を打ち明けるのはばつが悪く、アリサは肩をすくめた。

「たまにはキスもしたり」ケイトがあとを続け、アリサはうなずいた。

「離れ離れになったときのことは？」エイミーが尋ねた。

「覚えていないわ」アリサは答え、ふたたび精神科医の言葉を思い出した。「感情が、記憶が戻ることをはばむ場合もあるって、お医者様には言われているの。とくに、思い出せば、動揺してしまうようなことの場合は」

エイミーがうなずいた。「大学時代のことは、なにか思い出した？」

「通っていたのは女子大よ。近くに公立の大きな大学があったわ。私は美術を専攻したかったんだけれど、母と義理の父にフランス語を専攻するようにしつこく勧められて、美術は副専攻科目にしたの」

「大学時代にデートしたことは覚えている？」エイミーが尋ねる。

「あまり覚えていないわ。四年生のときに、婚約者に出会ったのは思い出したけれど」

「でも、大学時代にディランと会ったことは覚えていないの？」

「覚えていないわ。どうして？」アリサは尋ねた。

エイミーがはっと息をのんだように思われた。ケイトは視線をそらして赤ん坊を見た。二人はなにか知っている、とアリサは確信した。私が知らないなにかを知っているんだわ。

「なにを知っているの？」

「直接知っていることはなにもないのよ」エイミーは言った。「ディランとは古い付き合いというわけじゃないから、知っているのはすべて又聞きなのよ」

「又聞きだろうと、今の私より多くを知っていることに違いはないわ」

エイミーはふたたびケイトと顔を見合わせた。そして、しばらくためらってから、言いにくそうに続けた。「ジャスティンによると、あなたとディランは大学時代も付き合っていたようなの」

胸が締めつけられるような気がしたが、アリサは空白の記憶をたぐり寄せようとしつづけた。「どんな付き合い？」

「わからない。くわしいことはなにも知らないの。ただ、あと味の悪い別れ方をしたみたい」

アリサは胃がねじれるような不快感を覚えた。フォークに刺したケーキを皿に戻して、いやな予感を払いのけようとする。なんとか落ち着きを保とうとしたが、予感は確信に近かった。「あと味の悪い別れ方」アリサは繰り返した。「いろいろな意味に受けとめられるわね？」

エイミーはくい入るようにアリサの目をのぞきこんだ。「そうね。なにか思いあたることはある？」

アリサは首を振った。

「二人の関係について、ディランに尋ねたことはあるの？」ケイトがミシェルにケーキを分け与えながらきいた。

「ええ。でも、彼は私が自分で思い出すべきだって言うの」アリサは交互に二人を見つめた。「今度こそ、きちんと答えてもらうわ」

ケイトが真剣な目をして言った。「なにか私にできることがあったら、連絡してちょうだい」

「私にも」エイミーが言った。

「率直に答えてもらって、感謝しているわ」アリサは礼を述べた。

「つらい立場よね」ケイトが言った。「私があなたでも、できることはなんでもして、すべてを知ろうとしたと思うわ。エイミーや私が知っていることは、すべて人から聞いたことだから、もっとくわしく知りたかったら、ディランにきくしかないわね。でも、二人の間になにが起こったとしても、それは何年も前のことだし、あなたたちはもう以前と同じ人間じゃないわ。それって大切なことだと思うの」

ケイトが心配してくれているのは目を見ればわかる。だがアリサは、自分とディランの間に起こったことがどんなことであれ、今後の二人に大きく影響すると思えてならなかった。過去と将来が猛スピードで接近し合い、今にも正面衝突しようとしているような気がして、その衝撃に自分の気持ちが耐えられるかどうか不安だった。

重役会議は長引いたものの、思いどおりの結果に終わり、ディランは車で家に戻るなり、アリサの姿をさがした。ベランダにたたずんでいる彼女を見つけたとたん、胸がいっぱいになる。今でもたまに、彼女がそばにいてくれることが信じられず、頬をつねりたくなった。つい今しがたの成功に有頂天のディランは、そっとアリサに忍び寄り、背後からいきなり抱きついて、くるくると回転した。

アリサは驚いて小さく声をあげたが、満面に笑みを浮かべた。「どうしたの、いったい？」

「とびきりのニュースがあって、それがうまくいったのは君のおかげでもあるんだ」アリサのほっそりした体を床に下ろして自分のほうに向かせる。「重役会で、研究プロジェクトが承認された」

アリサは大きく目を見開いた。「もう？」

ディランはうなずいた。「グラント兄さんが熱弁をふるって、承認を支持してくれたんだ」

「おめでとう」アリサは顔を上げ、ディランにキスをした。

アリサが軽くキスをしようとしたのはわかったが、ディランはもっと求めていた。アリサの唇の間に舌を差し入れ、彼女の甘さを味わい、彼女のため息をのみこんだ。みるみる欲望がこみあげてくる。

ディランはアリサから口を離し、額を彼女の額に押しつけた。「君とお祝いがしたい」

「どうやって？」

「ベッドで愛を交わしたい」ディランは言い、ふたたびキスをした。

アリサは情熱をこめてディランのキスに応じていたが、やがて顔を離してうつむいた。「話があるの」かすれた声で言う。

「どんな？」

「あなたにどうしても答えてもらいたい質問があるの」アリサは言い、ついに顔を上げてディランの目を見た。「あなたにしか答えられない質問よ」

アリサの真剣な目を見て、ディランの胃は縮みあがった。思い出したんだ、ちくしょう。思わず声に出して毒づきそうになる。しかし、思い出したなら、彼女が今のようにキスに応じるはずがない。もうこれ以上アリサが思い出すのを待っているわけにはいかないともわかっていた。真実を伝えなければ。彼女は真実を知らされて当然なのだ。

ディランは深呼吸をしてアリサから離れ、ベランダの手すりに背中をあずけた。「ききたいのは、どんなこと？」

「私の大学時代のことよ」

「君は小さな女子大に通っていた」

「知ってるわ」アリサは言い、ディランに近づいて並んで立った。それでも、彼が百万キロのかなたにいるような気がして、落ち着かなかった。「大学時代の私たちになにがあったか、知りたいの」

ディランは鋭い目をしてアリサを見た。「なにを思い出したんだ？」

「思い出してないわよ」冷ややかな声でディランに尋ねられ、アリサの不安は倍増した。「だから、あなたにきいているんじゃないの！」

ディランは目を細め、ベランダを見渡した。「君は友達に誘われ、近くの大学の友愛会パーティをはしごしてまわっていたんだ。あまり気は進まなかったけれど、一人で寮に残っているのもつまらないからと、あとで君は僕に言っていた。君が何箇所のパーティをまわってから僕たちのパーティにやってきたのか知らないが、君が玄関から入ってきた瞬間のことは、今でもはっきり覚えている」ディランは首を振った。「我が目を疑ったよ」

アリサは目を閉じ、思い出そうとした。浮かれ騒いでいる学生たちでいっぱいの建物におずおずと入っていく自分の姿がぼんやりと見えた。「場違いなところへ来てしまったと思ったわ」

「そんな感じだった」かすかに笑みを浮かべ、ディランは言った。「友愛会の先輩の一人がすぐに君にちょっかいを出しはじめたので、僕は割りこんでいった。君は僕に劣らず驚いていた」

「あなたがソーダを持ってきてくれて、私たち、話をしようとしたんだけれど、まわりが騒がしくて、とてもそれどころじゃなかったのよ」アリサは思い出したままを言った。

「そこで僕たちは外のポーチに出て、話をしたんだ。それから君を寮まで送っていって、おやすみのキスをした。ティーンエイジャーのときとはまるで違うキスだった」

アリサの心臓がはねあがった。期待に満ちた熱っぽいキスと、ふたたびディランに恋をした瞬間をはっきり思い出したのだ。すると、歯止めをはずしたように、次々と記憶がよみがえってくる。『私たち、週末のたびに会っていたわ」アリサは言った。「私、片時もあなたから離れたくなかった」どうしようもなくディランに惹《ひ》かれていた自分を思い出して言う。

ディランは指先でアリサの顎をつまんで顔を上げさせ、その目をのぞきこんだ。「僕は君が欲しくてたまらなかった。その思いはあまりに強くて、こわいほどだった」

熱い記憶が脳裏をかすめ、アリサはみるみる体がほてるのを感じた。「私たち、そういう関係だったんだわ。だから、あのとき……」

「あのとき?」くい入るような目をして、ディランがきいた。

「何日か前の晩にベッドをともにしたとき、あなた、私の体を知りつくしているみたいだった。どんなふうに私に触れたらいいか、知っているとしか思えなかった」

ディランのまなざしが欲望をおびた。「また君と愛を交わすのを、長い間、僕は待ちつづけていたんだ」

ディランの目に浮かぶ表情を見て、アリサの鼓動はいっきに速まった。「どうして待たなければならなかったの？」

ディランはいつまでも答えようとせず、アリサはまた記憶が戻りはじめるのを感じた。

「私、あなたに夢中だった。それなのに、私たち、どうして別れなければならなかったの？」アリサはディランから顔をそむけ、過去の記憶に気持ちを集中させようとした。「そうよ、私の成績が落ちはじめたんだわ。とくに統計学が苦手だった」数学の確率の概念がどうしても理解できず、地面に降り積もる雪を見つめていた自分を思い出し、アリサは両腕を交差させてさすった。「数学が得意な人に教えてもらっても、まだよくわからなかった」

アリサは成績のことが心配でたまらなかった自分を思い出していた。

「それで、しばらく会えないって、あなたに言ったのよ」アリサは言った。「私たち、喧嘩《けんか》になったわ。しばらくの間、週末のたびに言い争っていた。そのうち、また友愛会のパーティがあって、あなたは二人で行きたがったけれど、私はあまり気が進まなかった。でも、あなたを怒らせたくなかったから、私、突然出かけていって、あなたを驚かそうって決めたのよ」友達にドレスを借りて、大学まで車で送ってほしいと頼みこんだことを思い出しながら、彼女はつぶやいた。

精いっぱいめかしこんだ若い自分が、ディランを喜ばせたい、彼はどんなに驚くだろうとわくわくしている姿がスローモーションのように目の前に浮かんだ。

「私、髪をうしろで束ねていた」どうしてこんなに重苦しい気持ちになるのだろうと不思議に思いながら、アリサは言った。

「黒いリボンで結んでいたんだ」ディランが言い添えた。「ドレスは黒いサテンだった」

「友愛会会館の扉を開けて中に入ったわ。音楽や話し声で、ひどい騒がしさだった。だれかがテーブルの上で踊っていたわ」アリサは目を閉じた。「そこにいる全員でビールのお風呂に入ってきたみたいなにおいがした」ディランの姿は見あたらず、アリサは人に尋ねては顎で指し示されるまま、広い部屋の奥へ向かったことを思い出した。そのうち、とてもきれいな女の子のヒップに両手をあてているディランが見えた。二人はキスをしていた。欲望むきだしの奔放なキスを繰り返していた。二人の体はぴったり重なり、女の子の手が愛撫《あいぶ》するようにディランの髪をかき分けている。

アリサは気分が悪くなった。思い出している今でさえ、吐き気がこみあげてくる。

「あなた、彼女にキスをしていたのよ」目を開け、信じられないと言いたげにディランを見つめながら、アリサはささやいた。

「彼女が僕にキスしていたんだ」

「愛されていると思っていたのに」アリサは言った。たった今、キスをしている二人を目撃したように、裏切られたという思いに打ちのめされていた。

「愛していたよ」顔をこわばらせ、ディランが言う。

「愛していないわ」アリサは言った。悲しくて、悲しくて、どうしていいかわからない。「愛していたのは私だけ。私たち、特別ななにかを分かち合っていたのに、どうしてあんなことをしたの？　なんであんなことができたの？」

ディランは片手で髪をかきあげた。「八年前のことなんだ、アリサ。計画してやったことじゃない。

僕もパーティを抜け出そうかと思ったくらいなんだ。でも、いいから残れとルームメイトに説得されてしまった。酔っぱらっていたし、あの子がしつこく迫ってきたものだから」

屈辱感がよみがえり、アリサは胸がつまった。あのときほど痛切に裏切られたと感じたことはなかった。むさぼり合う口と口が、何度も同じスライドが映し出されるように、頭に浮かぶ。アリサは震えだした。

「アリサ」ディランは言い、手を伸ばした。

その手をアリサは払いのけた。「やめて。私……」裏切られたという過去の思いと、今のとまどいをなんとかのみくだす。「なにを期待していたのかわからないけれど、こんなことじゃなかったのはたしかよ」アリサは首を振った。「どうして言ってくれなかったの？」

「いつ？」ディランはきいた。「君が脳を腫《は》らせて集中治療室に横たわり、生死の間をさまよっていたときに？」

アリサは眉を寄せた。「そうじゃなくて、私が退院したあとでも、話す機会はあったはずよ」

「医者から、なんでも自分で思い出させるようにと言われていたんだ。よけいなプレッシャーを与えてはいけないとも言われた。だからこそ、君をここへ連れてきたんだ」

「でも、大事なことなのよ。私は知っているべきだったわ。あんなふうに、あんなふうに……」

「あんなふうに、僕がベッドにいる君を見つけて、抱く前に。後悔しているんだね、アリサ？」ディランは挑むように尋ねた。

アリサは約束を思い出した。決して後悔しないと約束したのだ。それでも、気持ちは混乱し、裏切られたという思いは消しようもない。「しばらく考えさせて」彼女は言った。胸が締めつけられるようで、痛くてたまらない。「どういうことなのか、じっくり考えたいの。私、ここを……」

「出ていったほうがいい」石のようにこわばった顔をして、ディランがあとを続けた。「出ていったほうがいいだろう」

アリサはそのとおりにした。

9

その夜、ディランは眠らなかった。次の日の夜も。自分の寝室にも入らなかった。寝室にはまだアリサの幻影がいた。彼女のにおいもまだ残っていた。扉を開けただけで、彼女の笑い声が聞こえ、中にまだ彼女がいるような気がした。

ディランは用心に用心を重ねてアリサに依存するのを避け、彼女はいつか目の前からいなくなるのだと繰り返し自分に言い聞かせてきた。そうやって自分を守っていたつもりだったが、どういうわけか、彼の中でひそかに、かすかな希望は生きつづけていた。希望は身の破滅につながりかねないと、ディランは何年も前に学んでいた。彼の母親はまた息子の父親が現れ、自分と息子の面倒を見てくれることを望みつづけていた。ディランも同じように期待し、結局、希望は危険なものだと学んだのだ。

人の感情で、期待感ほど奇妙な感情はない。なによりももろく、はかないのに、いったん胸の内に芽生えてしまうと、消し去るのは不可能に近い。その感情に引きずられて、人は、無視するのが最良の、どうにもならない状況にしがみついてしまう。

抵抗もむなしく、ディランの中のささやかだけれど愚かな部分は、アリサがこれからも以前とは違う目で自分を見つづけてくれるだろうと期待したに違いない。

そして今、アリサはふたたびディランの目の前からいなくなった。

ディランの気持ちは重苦しく沈んでいた。家がうつろに感じられる。トントが哀れな鳴き声をあげはじめ、ディランは小声で毒づいた。子犬にも飼い主の心の痛みが伝わっているようだ。ディランはため息をついてサンルームへ向かい、引き綱を手にしてトントを散歩に連れ出した。降りはじめた雨の粒が顔にあたったが、かまうものかと思った。

この八年間、アリサの愛がなくても生きてこられたのだ、とディランは思った。また、同じように暮らしていけばいい。世界中で一番大事な人と言わんばかりの目で彼女に見られなくても、残りの人生をまっとうすることはできるだろう。それで心臓がとまってしまうわけでもない。息ができなくなるわけでもない。地球はまわりつづけるのだ。

これからは、アリサが事故にあう前の生活に逆戻りだ。ディランは苦々しい思いで自分に言い聞かせ、不快になった。彼女とベッドをともにしなければ、どんなによかっただろう。彼女といっしょに声をあげて笑わなければ、どんなによかったか。なんだって、アリサ・ジェニングズの愛を手に入れるのがどんなことか、知ってしまったんだ？　もう二度と手に入れられないのは、火を見るより明らかなのに。

「〈レミントン製薬〉の重役会で首尾よく事を運んだばかりだというのに、葬式にでも出かけるみたいな顔だぞ」ジャスティンが言った。〈ミリオネア・クラブ〉の三人は〈オマリーズ〉に集まり、ディランの成功を祝して乾杯したところだった。「さぞかしうれしいはずなのに。我が〈ミリオネア・クラブ〉は、これからしばらくはほかのどんな事業にも資金提供できないくらい、おまえの生体工学の研究プロジェクトに莫大《ばくだい》な金をつぎこむ予定なんだぞ」

「そういうことになるかもしれないな」ディランは言った。「しかし、僕のプロジェクトは必ずうまくいって、膨大な利益を生む」

「しかし、研究の結果というのはなかなか形にならないものだからな」ジャスティンがからかうように言った。「待っている間に白髪の老人になってしまうかもしれない」

ディランはそうは思わなかった。「ホラス・ジェンキンズという、ちょっと変わった小柄な男を覚えているか？」

マイケルが目を細めた。「聞いたことのある名前だ」

「ホラス、ホラス」ジャスティンはカウンターを指でたたきながら繰り返した。

「僕より二、三歳年下だった。〈少年の家〉にいたんだが、すぐに出ていくことになった。頭がよすぎてね」ディランは言い、苦笑いをした。

「頭がよすぎたって、どういうことだ？」マイケルが尋ねた。

「天才だったんだ。高校を二年で終えて、奨学金を得て大学へ行き、生物学と物理学と生体工学で博士号を取得した。その後、教鞭《きょうべん》をとりながら、暇な時間にガレージで研究を続け、いくつかすばらしい発明をしている」

「油断もすきもないな」ジャスティンが言い、にやりとした。「どうやって彼を見つけたんだ？」

「以前、彼が因縁をつけられて困っていたことがあってね。僕が相手の男たちに何発かパンチを見舞って追いはらったら、彼はそれを恩に着て、以来、折りに触れて連絡をくれていたんだ。人付き合いはお世辞にもうまいとは言えない男だが、才能は文句のつけようがない。そのうち、信じられないようなことをやってのけるだろう。彼さえいれば、〈レミントン製薬〉は莫大な利益を得られる」

「おまえは彼に給料を払って雇っているのか？」マイケルが尋ねた。

「研究が早く進めばボーナスもはずむという条件でね。しかし、彼は根っからの科学者だ。金には動かされない」

「では、なにが望みなんだ？」

「本を出版したり、人に教えたりせず、好きなだけ研究に没頭できる環境だ」

「で、どのくらい前から新薬の研究を？」

ディランはにっこりした。「数年前から」

「それだよ、僕が見たかったのは」ジャスティンがいきなり言った。「おまえのトレードマークとも言うべき、女殺しのほほえみだよ」

ディランの気分は急にしぼんだ。肩をすくめてジョッキを持ちあげ、ビールをあおる。マイケルが興味津々の視線を向けているのはわかっていた。

「アリサの具合はどうだ？」そのマイケルがなにげなくきいた。

「ずいぶんいい。もう以前とほとんど変わらない」

マイケルとジャスティンは目を見合わせた。「以前とほとんど変わらないって、どのくらい？」ジャスティンが尋ねた。

「彼女は、僕たちの間になにがあったか思い出した。それで、自分のアパートメントに戻っていった」

ディランは二人のくい入るような視線を感じた。

「それは残念だな」マイケルがぼそっと言った。

「ほんとうに」ジャスティンが同意した。

ディランは肩をすくめた。「わかっていたことだ。時間の問題だった」

「彼女はいつ出ていったんだ？」ジャスティンがきいた。

「二、三日前だ」ディランには一年にも感じられた。

「おまえが電話をしたら、彼女はなんと言っていた？」マイケルが尋ねた。

ディランはジョッキを持ちあげかけて、手をとめた。「電話はしていない。彼女から考える時間が欲しいと言われたんだ」

マイケルは、頭がどうかしていると言いたげに、ディランを見た。「それで、彼女に一人で考えさせるつもりなのか？」

「まあ、そうだ。僕がそばにいたほうがよければ、彼女は出ていかなかっただろうし」

マイケルとジャスティンはふたたび目を見交わした。

ディランはいらだち、ビールの残りを飲みほした。「なにが言いたいんだ？」

ジャスティンが咳《せき》ばらいをした。「おまえはこれまでおおぜいの女性とデートをしたようだが、男と女の関係では、長い付き合いは苦手なようだな」

「おまえは得意なのか？」ディランは挑むように尋ねた。

「僕は愛する女性と結婚している」ジャスティンがぶっきらぼうに言った。「おまえはそうじゃない」

痛いところを突かれてむっとしたディランは、こぶしを握ってポケットに突っこんだ。「じゃあ、おまえは女性に関して専門家だって言うんだな」

ジャスティンは片手を上げた。「そうは言わない。だが、経験を通じて学んだことがいくつかある。その一つは、自分のことで動揺している女性を一人にしてはならないということだ」

「そのとおりだ」マイケルが言った。「女性は想像力が豊かだ。結婚したころ、ケイトとの距離をおいていたら、彼女はさっさと僕の前からいなくなって、僕はいまだになにがなんだかわからずにいただろう。ケイトに言わせると、これも男女の思考の決定的な違いだそうだ。男は洞穴にもぐりこみたがり、女は話し合いを求める、ということだ」

ディランはしばらく考えこんでから、首を振った。「おまえたちは、あのときの彼女の表情を見ていないから、そんなふうに言えるんだ」

ジャスティンは肩をすくめた。「彼女のいない人生を送ってもかまわないなら、大騒ぎすることもないだろう」

「彼女が決めたことだ」ディランは不機嫌に言った。

「ある部分では」マイケルが言った。「おまえが腰抜けかそうでないかにかかっているな」

侮辱されて、ディランは体をこわばらせた。「腰抜けとはどういうことだ？」

「僕が言いたいのは、以前、アリサとおまえの間になにがあったとしても、彼女は必要としているときにおまえがそばにいてくれたことは忘れないはずだということだ」

「彼女に感謝されたいとは思わない」

ジャスティンはあきれたように目をまわした。「なにをきれいごとを言っているんだ？　感謝の気持ちだってなんだって、利用すればいいんだ。おまえは彼女が欲しいのか、そうじゃないのか？　また彼女が離れていくのを腕をこまねいて見ているつもりか？　前にそうやって、それでおまえは幸せだったのか？」

「いいや」ディランは言った。

「アリサが欲しければ、利用できることはなんでも利用するべきだ。おまえはもう二十歳の若造じゃない。何度も繰り返し、彼女に思い出させるべきなんだ。僕の経験から言わせてもらえば、女性が求めるものの一つは、なにがあろうとそばにいて守ってくれる男だ。彼女が欲しかったら、おまえも人生を賭《か》けて闘わなければ。信じろよ。やっと闘いを終えた僕が言うことだ」

マイケルがうなずいて言った。「僕も同じだ。嘘《うそ》だと思うかもしれないが、僕は妻に求愛しなければならなかったんだ。結婚してから、彼女を誘ってデートをするはめになった。やってみると、思ったほど悪くはなかったよ。しかし、すべてはおまえしだいなんだ、兄弟。賭《かけ》を続けるのか、降りるのか、決めるのはおまえだ」


アリサはディランとの関係をじっくり考え、彼とのことは心の中の箱に詰めこみ、忘れてしまおうとした。けれども、彼は自分を裏切った男性だと決めつけようとするたびに、入院中、絵の道具を持ってきてくれたのも彼だと思い出さずにはいられなかった。薄情な男なのよ、と自分に言い聞かせても、彼が障害を持った子供たちのために馬と牧場を提供して、乗馬教室を開いていることを思い出してしまう。

信用できない男なのよ。アリサは心の中でつぶやいた。でも、そうだとしたらなぜ、交通事故にあったとき、私はとっさに彼の名を口にしたのだろう？

水曜日の夜、寝室のクローゼットを整理しながら、アリサは眉をひそめた。

一番上の棚になにもないのを確かめようと、精いっぱい伸ばした手に箱が触れ、アリサはなんだろうと思って手にとった。カーペットに腰を下ろし、箱の蓋《ふた》を開けてみる。中には手紙や写真、それに映画やコンサートやパーティのチケットの半券がぎっしりおさめられていた。手紙のうち何通かは、一部が焼けこげている。

　アリサは体から力が抜けていくのを感じた。これは〝ディランの箱〟だわ。それまでに自分のアルバムを見て、ディランの写真が一枚もないことは気づいていた。不思議に思っていたが、これでようやく謎《なぞ》が解けた。

　アリサは、ディラン・バローとの思い出を焼いて、自分の人生から消し去ろうとしかけた瞬間を思い出した。あれは夜中だった。母親の家にいたアリサは、こっそり階段を下りて、まだ暖炉に火が残っている居間に入っていった。ディランと別れたのは数週間前だったが、彼女はまだ毎晩のように泣きながら眠りについていた。なおも腹立ちはつのり、つい大声をあげそうになった。そして、心からも頭からもディランを締め出すには、彼との思い出を焼きはらうしかないと思いついた。大事な思い出の品を火にくべて、めらめらと燃えあがるのを見ていた自分がよみがえる。

　そのうち、アリサの内面のなにかがパニックを起こした。すべてをなかったことにするには、まだ心の準備ができていなかったのだ。暖炉用のスコップを握り締め、彼女は写真と手紙の大部分を火から引っ張り出し、気持ちの中でディランを箱にしまいこんだ。彼は子供時代の友達であり、初恋の人なのだから、記憶の片隅に居場所があるのは当然だと思えた。

　アリサは手にした箱を見つめて、蓋を閉めた。そのとき、ドアベルが鳴り、彼女は箱をクローゼットの棚に戻した。足早に玄関へ向かい、のぞき穴から外を見て、目をしばたたいた。扉の前に立っているのは、決然とした表情を浮かべたディランだった。アリサの心臓ははねあがった。〝ディランの箱〟から本人が飛び出してきたかのようだ。アリサはゆっくりと扉を開けた。

「やあ」ディランは言い、戸口に突っ立ったまま動こうとしないアリサを見て、さらに言った。「入っていいかな？」

「もちろん」アリサは言い、戸口の一方に体を寄せた。「なにかあったの？」

「君の考えがまとまったころだろうから」ディランは言いながら居間に入り、アームチェアにどっかりと腰を下ろした。「そろそろ話し合おうかなと思って」

　さまざまな感情がいっきに押し寄せ、アリサはとまどっていた。この数日間、ディランのことは考えすぎるほど考えていた。心の中で彼にわめき散らし、毒づき、泣きついた。ところが、本人を目の前にすると、どうしていいのか見当もつかない。「話し合うのはどうかと思うわ」

「なぜ？」まっすぐ目を見つめて尋ねられ、アリサは思わず視線をそらしそうになった。

「だって、私たちの間には、あんなことがあったから」アリサは言った。

「あんなことって、どのこと？」ディランは尋ねた。「僕が君にキャッチボールを教えたり、君がこっそり僕に『ローン・レンジャー』の再放送を見せてくれたり、二人で水たまりをばしゃばしゃ踏んで歩いたり、僕が入院中の君に付き添ったり、大学時代にベッドをともにしたり、大人の男女としてベッドをともにしたり、いろいろあるけど。どのこと？」

　アリサはすっかり混乱し、そっぽを向いた。「大学時代にあったことだと思うわ」

「あれも、いろいろあったうちの一つだ」

「大変なことだったわ」簡単に片づけるのは許さないとばかりに、アリサは言った。「大変で、重要なことよ」

「たしかに」ディランは認めた。「それで、君はそのことについてもう考えた。今度は二人で話し合おう」

ディランの態度に居心地が悪くなり、アリサは眉をひそめた。「八年前にあのことがあったあと、私たち、話し合わなかったわ」

「それが間違いだったんだ」ディランは言った。「二十歳のとき、僕は一度ならず間違いを犯した。その間違いを、もう二度と繰り返したくないんだ」

落ち着きを失い、アリサは部屋の中を歩きはじめた。「あなたがなにを望んでいるのか、よくわからないわ。大学時代にあんなことがあって、状況は変わってしまったのよ」

「君が事故にあったことでも、状況は変わった」まっすぐアリサの目を見つめて、ディランは言った。

アリサはディランの冷静さが腹立たしかった。

「変わったのは一時的によ」

「そうなのかい？」

アリサは息苦しくなった。「そうよ」あくまでも言い張る。「大学時代になにがあったか、私が思い出したとたん、すべてが変わったわ」

「すべてが？」ディランは立ちあがり、アリサに近づいた。「じゃ、君は事故以前のアリサに戻ったというわけだ。僕をなんとも思っちゃいない」

ディランのなめらかな声がアリサの肌を撫《な》で、神経という神経を目覚めさせた。アリサは間近にいる彼の存在を痛いほど感じながら、次々と去来する不本意な感情を振りはらおうとした。「そういうわけじゃないわ。私、あなたにおおぜいの女性の崇拝者がいることで、つねに不安になると思う。いつか、私がなにかで忙しくなって、あなたはないがしろにされていると感じることもあるかもしれない。そうしたら、あなたはとてもすてきな人だから、あなたを慰めようとする女性がきっと現れるわ」

「事故以降の僕を見て、そう思うのかい？」

その一言を聞いて、アリサは立ちどまった。頭の中が真っ白になる。

「もしそうだとしたら、君はなにも見ていなかったんだ」突き放すように言われ、アリサは不安になったが、同時に、心のどこかでほっとしてもいた。次は〝さようなら〟と言われるのだろうか。「でも、それはそれでかまわない」ディランはいらだたしげに歯をくいしばった。「今日はこれで帰るけれど、また来るよ」そう言って、扉に向かって歩きだす。

アリサは急いでディランを追った。「どうしてこんなことをするの？」大きな背中に向かって尋ねる。「私が話し合いたくないのを知っていて、どうして話し合おうとするの？　もういやだって言ったのに、どうしてまた二人の関係を始めようとするの？」

「それ以外のことを望んでいないからだ」ディランは言い、扉を開けて外に足を踏み出した。そして、くるりと振り返ってアリサと向き合い、その目に決然とした光をたたえ、『ターミネーター2』のアーノルド・シュワルツェネッガーをまねて言った。「また会おう《アスタ・ラ・ビスタ》、ベイビー」

アリサは閉じた扉に背中をあずけ、そのままずるずると床に座りこんだ。数年前に別れを告げたとき、ディランは黙って去っていった。その後、何度か会ってほしいと言われ、当然のことながらアリサが拒絶すると、やがて彼はあきらめた。それが今度はおとなしく引きさがるつもりはないらしい。絶え間なく気持ちをゆさぶられつづけて、どうやって自分をしっかり保ち、前向きの人生を送っていける？

無力感がこみあげ、アリサは両目をおおった。「まいったわ」彼女はつぶやいた。「ターミネーターにつきまとわれるはめになるなんて」

10

　ディランは一日おきに電話をかけてきた。アリサの気持ちをゆさぶりつづけるにはじゅうぶんなペースだった。

　今や記憶の空白部分がほとんどなくなったアリサは、以前の日常生活を取り戻そうとしていた。問題は、事故前の生活に違和感を覚えることだった。アリサは以前のアリサではなかった。

　その変化がどんな結果をもたらすかはわからない。そこでアリサは、とにかく一歩足を踏み出し、一日一日を大切に生きることに気持ちを集中させていた。

　早朝ランニングに出かけるため、彼女はジョギングシューズのひもを結びおえた。アパートメントの鍵《かぎ》をポケットにしまって、廊下に飛び出し、ロビーに向かった。

　アリサは歩をゆるめ、やがて立ちどまったが、鼓動は速まっていた。タンクトップにショートパンツ、ランニングシューズ姿のディランが彼女を待っていたのだ。

「なにをしているの？」その朝からランニングを始めようと思っているとディランに伝えたことを思い出し、アリサは尋ねた。

「いっしょにランニングしようと思って、待っていたんだ」

「どうして？」アパートメントの玄関に向かいながら、アリサはきいた。

「チャンスがあれば、走りたいと思っていたからさ」道路側の歩道の縁をアリサのペースに合わせて並んで走りだしながら、ディランは言った。

「ほんとうとは思えないわ」

「君にまた車にぶつかってほしくないと思ってね」

私を混乱させるつもり？　アリサは両手を広げて肩をすくめた。「いいわ。でも、長くは走らないわよ。私、運動不足もいいところなんだから」

「君のペースに合わせるよ」

黙って走りたいというアリサの気持ちを察したように、ディランは一言も口をきかず、彼女と並んで走りつづけた。アリサは隣にいるディランの存在をつねに意識していたが、すぐにわずらわしさは感じなくなった。ディランはルート選びもアリサにまかせ、クールダウンにも付き合って、彼女といっしょにアパートメントのまわりをゆっくり歩いて一周した。

「最近、調子はどう？」ディランが尋ねた。

「まあまあよ」アリサは言った。「まだ本調子とは言えないけれど。それもあって、またランニングを始めることにしたの」

「ランニングは頭がすっきりするし、体中に力がみなぎるような充実感も得られるからね」

アリサはうなずいた。「また絵も描《か》きたいわ」彼女は打ち明けた。「事故にあう前のスケジュールを見ると、予定がぎっしりなのよ。絵を描く暇もなかったの。入院中にあなたが絵の道具を持ってきてくれたとき、私、失っていた自分を見つけたみたいな気がしたわ」

「絵はいつも君の秘められた情熱だったからね。みんなには隠していたけれど」ディランはしばらくアリサをじっと見つめた。「実は、僕のために絵を描いてほしいんだ」

「なんの絵を？」

「トントだ。膀胱《ぼうこう》が豆粒サイズの、僕の夢の犬だよ」

アリサは笑いを押し殺した。「トイレのしつけはどうなの？」

「家政婦はもうお手上げ状態さ。でも、少しずつ失敗は減ってきている。とにかく、あいつはかまってもらいたくてしょうがないんだ。それで、いつ描いてくれる？」

「たぶん、この週末あたりね」

「よかった。金曜日の夜以外なら、いつでもいいよ」

アリサの好奇心はたちまちふくれあがった。ディランが金曜日の夜になにをしようと、私の知ったことじゃないわ。そう自分に言い聞かせたが、つい質問が口をついて出てしまった。「金曜日の夜は予定があるの？」

アリサの気持ちを見透かしたように、ディランの目がきらりと光った。「慈善団体の資金集めのパーティがあるんだ。うちの会社の重役は全員、招待されていてね。いっしょに来るかい？」

きかなければよかったと後悔しながら、アリサは首を振った。「遠慮するわ」そうつぶやいて、アパートメントの入り口へ向かう。

「今度はいつ走る？」ディランが声を張りあげた。

「金曜日の朝よ」アリサは答えた。「でも……」

「じゃあ、そのときまた」わざわざ付き合ってもらわなくてもいいとアリサが言う前に、もうディランの姿は見えなくなった。

アパートメントの階段をのぼりながら、アリサはディランといっしょに過ごしたことで不思議な安らぎを感じている自分に気づいた。同時に、彼に頼りたくないという思いもあった。日常生活では彼に頼れても、心まで彼に依存するわけにはいかないと胸の奥底では思っていた。

彼は私の心をばらばらにしたのよ。また同じ目にあうわけにはいかないわ。

金曜日の朝はどしゃ降りの雨だったので、アリサはランニングには出かけず、ディランにも会わなかった。その夜は、気がつくと彼のことを考えていた。パーティにはだれを連れていったのだろう？　そういう場に、彼が女性を連れずに出かけたためしはなかった。そう思うと胸がちくりと痛んだが、そんな思いを振りはらって絵を描きはじめると、いつの間にか数時間がたっていた。

　土曜日の午前中、子供たちと公園に行くので会わないかとエイミーに誘われ、アリサは出かけていった。日差しを受け、赤い髪を輝かせたエイミーは、アリサの姿を見つけると、座ってと言いたげにベンチをぽんぽんとたたいた。「来てくれてうれしいわ」そして、目の前のぶらんこと木製遊具を指さして言った。「子供たちを見守るには完璧《かんぺき》な席だわ」

　アリサはエイミーの隣に腰かけた。「誘ってくれて、ありがとう。なにか私に話があるのかしら？」

「ちょっとね」エイミーは沈んだ声で言った。「この間、私が話したことが原因で、あなたとディランの関係に悪い影響がなかったらいいんだけれど。私、たまによけいなことを言ってしまう悪い癖があって」

「正直に話してくれたこと、感謝してるわ」アリサは言った。

「でも、正直な話って、人を傷つけることがあるし」

　たしかに私は傷ついた、とアリサは思った。でも、嘘《うそ》をつかれるよりほんとうのことを言ってもらったほうがずっといい。「私とディランの間になにがあっても、あなたの責任じゃないわ」

「大学時代、あなたたちの間になにがあったか、私は知らないけれど、彼はいい人だわ」エイミーが真剣な顔で言った。

「これから見きわめるつもりよ」すぐにでも見きわめられたらどんなにいいだろう、とアリサは願った。

「ニック、そのすべり板に乗るときは、両手を使うのよ」エイミーは立ちあがり、声をかけた。その拍子に、彼女が持ってきていた新聞が地面に落ちた。アリサは新聞を拾いあげ、社交欄をちらりと見た。ディランの写真だ。アリサは目を細めた。エイミーが彼女を見おろす。「今朝の新聞よ。もう読んだ？」そう尋ねて、またベンチに腰を下ろした。

アリサは記事に目を走らせた。「〝カリスマ的魅力の持ち主、ディラン・バローも姿を見せた。かたわらに美しい女性の姿はなかったが、パートナー志願者は数知れない〟」声に出して読んでから、つんと顎を突き出す。「驚くにはあたらないわ。彼のまわりにはいつも、蜜《みつ》に群がる蜜蜂《みつばち》みたいに女の子が寄ってくるんだもの」

「あなたがそう言うから、私も言ってしまうけれど、女性の同伴が求められるような場に、ディランはいつも違う女性を連れてくるわね」

「そうよ」アリサは言い、てきぱきと新聞をたたんだ。

「でも、それって、エスコートしたどの女性とも真剣には付き合っていないということだと思うわ」

「そうでしょうね」アリサは穏やかに言った。

「彼は、婚約とか、そういうことは経験がなかったわよね？」

「私が知る限りでは、ないわ」アリサは言ったが、すぐにでも話題を変えたくてたまらなかった。

「でも、あなたは婚約していたわよね？」

「ええ。かなり年上で、とても堅実で、すごく常識的な人だったわ」なにもかもディランとは正反対だ、とアリサは思った。

「どうしてその人と結婚しなかったか、覚えている？」

「結婚するほどは愛していなかったからよ」アリサは認めた。

「ふうん。そのことをディランはどう思っていたのかしらね」

「その件について、彼と話し合ったことはないから」

エイミーは肩をすくめてほほえんだ。「きっと、もうどうでもいいことね。あなたをここへ誘った理由なんだけれど、実はもう一つあって、ちょっと面倒なことを引き受けてもらいたいの」

アリサには、エイミーが急に不安そうになるのがわかった。どういうことだろうとまじまじと彼女を見つめる。「面倒なことって？」

「断ってくれても、ぜんぜんかまわないのよ」

「わかったわ。どんなこと？」

エイミーは顔をしかめた。「私、人に頼みごとをするのが苦手なの。そのことでは、いつもジャスティンに文句を言われているわ」

「エイミー」アリサは言った。「だから、なんなの？」

エイミーはふうっと息をついてから言った。「ジャスティンと私、週末に旅行をしようと思っていて、それには子供たちの面倒をだれかに……」

「喜んでお世話するわ。いつから出かけるのか、それだけ教えて」アリサは言った。

目にいっぱい涙をためて、エイミーはアリサに抱きついた。「ありがとう。いろいろ大変だと思うけれど、みんな、根はいい子なのよ。そのうち子供たちが落ち着いたら家族旅行でも、とは思っていたんだけれど、あの水疱瘡《ぼうそう》騒ぎがあって、ジャスティンも私も、しばらく二人きりにならないと、ちょっとどうにかなってしまいそうで」

アリサは、エイミーが交通事故で亡くなった姉夫婦の子供たちを養子にしたことを思い出した。エイミーは賞賛すべき勇気と意志の力の持ち主なのだ。

「頼りにしてもらってうれしいわ。旅行にはいつ出かける予定？」

「二週間後よ」エイミーは答え、お祈りをするように両手を組み合わせた。「家族全員が元気でいれば、という話だけれど。ベリーズでミニハネムーンよ」そう言って、彼女は期待感に目を輝かせた。

　エイミーの表情にジャスティンへの愛がありありと浮かぶのを見て、アリサはちょっとうらやましくなった。「あなたと結婚して、ジャスティンはずいぶん変わったわよね？」

「彼の影響を受けて、私もずいぶん変わったわ。私、一人で生きていけることが強さだと思っていたの。私にとって一番大切なのは、独立独歩の精神だった。でも、ほかのだれかに頼ってもいいんだって、ジャスティンが教えてくれたの。私たち、ほんとうに運がいいわ。まさに一生に一度のめぐり合いよ、間違いなく」

　アリサはディランのことを思った。一生に一度のめぐり合い、というエイミーの言葉に胸が締めつけられる。過去を書き替えられたらどんなにいいだろう。そして……。アリサはいかにも魅惑的で危険な思いを振りはらった。願ったり望んだりしたら、またやっかいなことになってしまうかもしれない。

「前もって言っておこう。この子はポーズはとらないよ」サンルームのタイルの上でトントとじゃれ合いながら、ディランが言った。「痛っ！」声をあげて、手を引っこめる。「子犬って、見た目はめちゃくちゃかわいいけれど、歯は剃刀《かみそり》みたいに鋭いんだから」

　そのとたん、トントはしょんぼりとうなだれ、ディランのわきの下に頭をすり寄せた。

「いらっしゃい、かわいい子ちゃん」アリサは言い、ひざまずいた。ぴんと耳を立てたかと思うと、トントは勢いよくアリサに突進した。絵の道具が床にころがる。すかさずトントが筆をくわえた。「あら、まあ、だめよ」アリサは筆を取り返そうとしたが、トントは筆を放さず、引っ張り合いを楽しんでいるようすだ。「トント用の靴下かなにかないの？　おもちゃがあればいいのに」

「おもちゃだって？」ディランはバスケットにいっぱいの犬用のおもちゃを床にぶちまけた。おもちゃに気をとられ、トントはあっさり筆を口から離した。

「ありがとう。男の人も雄の犬も、やっぱり質より量なのね」

　ディランはちらりと横目でアリサを見た。「君が言っているのはおもちゃのことかな？　それとも別のこと？」

　アリサは肩をすくめた。「すべてに関してよ。おもちゃも、車も、女性も」

　ディランは、おもちゃの山に頭を突っこんでいるトントを顎で示した。「お気にいりのおもちゃがあるんだ。見ていてごらん。ほかのおもちゃには見向きもしないから」

　ディランの言うとおり、トントは音の出るゴム製の猫を見つけたとたん、探索をやめた。さっそく床に伏せて、猫をかじりはじめた。

　ディランはアリサを見つめた。「質より量だって？」

　アリサは質問を無視した。「トントの写真を何枚か撮ってから、しばらく観察するのがいいみたい。カメラを貸してもらえる？」

「もちろん」

　話をそらすことができてほっとしたアリサは、それから三十分ほどかけて、サンルームや庭でトントの写真を撮った。

「どうしてトントは裏庭から出ていかないの？」子犬の活動範囲が限られていることに気づいて、アリサは尋ねた。

「通電柵《さく》だよ」ディランは言った。「逃げたトントを追いかけて、厩舎《きゅうしゃ》まで行ってようやくつかまえたことがあって、これはなんとかしなければと思ったんだ。すぐに慣れたよ、トントは。いい犬を選んでくれたね」

思いつきのプレゼントがディランの生活を豊かにしているとわかって、アリサは静かに喜びを噛《か》み締めた。どこまでも続く緑の牧草地をうっとりと眺めていると、なぜかなつかしさがこみあげてきた。まさか、とアリサは思った。ここを我が家のように感じるなんて、ありえない。とりわけ、ディランといっしょにいるときは。

「私、帰らなくちゃ」アリサは言った。

「なぜ？」ディランが尋ねる。

「トントの写真は撮ったし、観察もすんだから」

「だったら、僕といっしょにのんびりすればいい」

ディランは言って、アリサに近づいた。

アリサの心拍数はたちまち上昇した。冗談はやめて、と彼女は思った。あなたといっしょにいて、のんびりできるわけがない。帰る、とあくまでも言い張ろうとして口を開けると、ディランが指先で唇をふさいだ。

「こっそり教えてくれないか」誘うような低い声が、彼とベッドで過ごした熱い夜の記憶を次々とよみがえらせる。「どうすれば、君がここにとどまる気になってくれるのか」

「なにがあろうと、あなたの寝室へは行かないわよ」アリサは息も絶え絶えになって言った。

ディランは驚きに目を見開いた。そして、女性たちを骨抜きにしてしまう、とっておきの笑顔を見せた。「寝室に誘うつもりじゃなかったんだけど」

急に愚か者になったような気がして、アリサは両手で熱い頬をおおった。「あら、私……」

ディランは両手でアリサの手を包んだ。「僕は君、から寝室に誘われるのを待っているんだ」

　理性で抑えこむ暇もなく、自室のベッドで裸のディランに身も心も満たされている自分の姿が脳裏に浮かび、アリサは愕然《がくぜん》とした。「待っていても無駄よ」

　ディランは首をかしげ、まじまじとアリサを見た。「僕のベッドで愛し合ったときのことを思い出しているんだろう？　思い出す以上のことだってできるんだよ、アリサ」

　だめだめ、誘惑にのってはだめ！　アリサは一歩あとずさってディランから離れた。「甘い誘い文句は、山ほどいるあなたの崇拝者たちのためにとっておいて。私には通用しないわ。私はもう、あなたに夢中の小さなアリサじゃないんだから」

「君がもう小さなアリサじゃないことは、実体験から知っているよ」ディランはアリサの顔のすぐそばまで顔を下げた。「山ほどいる崇拝者のことはすっかり忘れていた。君を思うのに忙しくてね」

「あなたにとって女性はポテトチップスなのよ、ディラン。一つ食べるだけじゃ満足できない」

　ディランはあきれたように目をまわした。「すごいたとえをするんだな。では、ここでニュース速報だ。君がもう僕に夢中の小さな天使じゃないのと同じように、僕はもう遊び人じゃないし、それから……」

「浮気者でもない？」アリサは冷ややかにあとを引き継いだ。

「そのとおりだ」ディランは言い、歯をくいしばった。「その事実を君が早く受けとめれば受けとめるほど、僕たちは今後、よりよい付き合いができる」

「付き合う必要なんてないわ」アリサは言った。

　いらだちを抑えこむように、ディランはため息をついた。「君が決定的に間違っているのは、そこなんだ」彼は言った。「でも、君もそのうちわかる。

それは僕が死ぬときかもしれないが、きっとわかる」

アリサは、はらわたが煮えくり返る思いでディランの家をあとにした。家に戻る途中、現像のクイックサービスをしている店に行き、そのまま、できあがりを待つことにした。写真を受け取ると、ワインとブリーチーズとパン、それにチョコレートバーを買った。

アパートメントに戻ったアリサは、まっすぐキッチンへ向かい、ワインのためのグラスと、チーズとパン用にナイフと皿をつかんだ。ディランから自分が見えないのはわかっていたが、我慢できず、彼に向かって顔をしかめてから、寝室へ行く。アリサがどこよりのんびりできるのは、この部屋だった。

勢いよくベッドに腰を下ろすと、グラスに白ワインをつぎ、冷たい液体をごくごくと飲んだ。「おいしい」アリサはくつろぎのひとときを堪能《たんのう》し、ディランなどいなくても人生は楽しめるのよ、と自分に言い聞かせた。けれども、肉体的な喜びについて考えると、どうしてもディランの姿を思い浮かべてしまう。

アリサは鼻にしわを寄せ、脳裏に浮かんだディランのイメージを振りはらうと、トントの写真を見ることにした。できあがったばかりの写真にざっと目を通し、親しみのある子犬の姿に笑みを浮かべる。そのうちに、笑っているディランの写真に目がとまった。なぜかくい入るように見つめてしまう。きらきら輝く目、白い歯。心がとろけるような顔だち。次の二枚の写真を見ると、一方がまたディランの写真だった。今度の彼は、真剣な目をして、もの思いに沈んでいる。

アリサは二杯目のワインをグラスにつぎ、チーズとパンをかじりながら、ふたたび最初から写真に目を通した。しばらくすると、アリサは画帳を手にしてスケッチを始めた。ところが、描かれているのはトントではない。ディランだった。アリサは、数枚の写真から集めたイメージから、一つのディラン像に作りあげようとしていた。描きかけの絵をじっと見つめて、眉をひそめる。どこか違う。彼の本質をとらえていないわ。これまでに心惹《ひ》かれたディランの表情を思い出しながら、アリサは最初のスケッチを画帳から破り取り、床に落とした。そして、二枚目に取りかかる。数時間後、アリサの画帳はページがなくなり、床中にディランのスケッチが散乱していた。

　その後も、ディランはアリサの早朝ランニングに付き合いつづけた。アリサは彼を無視しようとしたが、そうするたびに自分がつまらない人間に思えた。こういう心境の変化も、事故で生じた変化の一つかもしれない、とアリサは思った。私の人生にとってディランは、決して答えの出ないクエスチョンマークみたいな存在だけれど、彼をないがしろにしていいはずはないんだわ。

　エイミーとジャスティンに代わって子供たちの面倒を見る日は目前に迫っていた。アリサは、ポップコーンやクッキーをつまみ、子供たちに絵本を読み聞かせ、フィンガーペインティングを楽しみ、いっしょにディズニー映画を見る週末を待ちこがれた。その日、バッグに荷物を詰め、エイミーとジャスティンの家に向かったアリサは、子供たちの声とピアノの音を聞きながらドアベルを鳴らした。

　三歳半の双子が扉を開け、アリサを見つめた。

「中には入れられないよ」ニックが言った。

　ジェレミーがうなずく。「大変なことになっちゃうからね」

「エイミーを呼んでくれる？」アリサはきいた。

「おばさんはすごく忙しいんだ」ニックが言い、ジェレミーがうなずく。

双子の姉のエミリーが戸口に現れ、にっこりした。

「中に入ってもいいかしら？」アリサは尋ねた。

エミリーはうなずき、すぐに大きく扉を開いた。

ニックが息をのんだ。「大変なことになっちゃうよ。うちに人を入れちゃいけないんだ」

「大変なことになんかならないわ。エイミーおばさんとジャスティンがハネムーンに出かけている間、アリサは私たちの面倒を見てくれるのよ」

「僕もハネムーンに行きたいよ」ジェレミーがしょんぼりと言った。

この子はもう取り残される寂しさを感じているのだと気づき、アリサは胸がつまった。そこで、ジェレミーの肩を抱いて、言った。「ハネムーンへ行かない人たちにあげようと思って、クッキーを持ってきたのよ」

ジェレミーはぱっと目を見開いた。「クッキー？たくさん？」

アリサはぎゅっとジェレミーを抱きしめた。「たくさんよ。でも、気持ちが悪くなるほどたくさんじゃないわ。それに、私たち、フィンガーペインティングをしたり、本を読んだり、ゲームをしたり、映画だって見られるのよ」

「それから、乗馬にも行ける」アリサの背後で低い声がした。

アリサがさっと振り向くと、玄関にディランが立っている。「ここでなにをしているの？」

「ジャスティンとエイミーがベリーズの僕のコンドミニアムで過ごす間、子供たちの面倒を見るんだ」ディランが落ち着きはらって告げた。

「まさか」アリサは言った。「私はエイミーに、この週末に子供たちの世話をしてほしいって頼まれたのよ」

「僕はジャスティンに頼まれた」

驚き、だまされたような気分で、アリサは首を振った。「でも……」

ディランは肩をすくめた。「どうやら二人で子守りをすることになったらしい。主寝室は君に使わせてあげよう」彼はアリサに言い、腰をかがめて彼女だけに聞こえるように耳元でささやいた。「真夜中に僕のベッドに忍びこもうなんて、考えるのさえいけないよ」

アリサは言い返そうと口を開けたが、ディランはなおもささやきつづけた。

「僕を誘惑しようとか、僕の気持ちを乱そうとか、考えるのさえいけないよ。僕はゆっくり眠りたいんだから」そう言い残して、ディランはアリサのわきをすり抜けて家の中に入っていった。アリサはまだ口を半開きにしたまま、彼の背中を見つめていた。

11

アリサが思い描いていた〝子供たちと楽しく過ごす週末〟のイメージは、一瞬のうちにトイレの配水管に吸いこまれていった。ディランのたくましい背中にちらりと目をやって、アリサは顔をしかめた。思い出の箱に押しこめようとしている男性と、週末をまるまるいっしょに過ごしたくはなかった。

スーツケースをころがして居間に入ってきたエイミーが、不安そうに二人を見た。「二人に同じことをお願いしたりして、ごめんなさいね」彼女は言った。「ジャスティンがディランにお願いして、私はアリサにお願いしていたの。それで、そのあと、二人で考えたんだけれど、大人が二人いたほうが子供たちは言うことを聞くんじゃないかって思ったの。迷惑だったかしら？」エイミーは、ディランではなくアリサに尋ねた。

「大丈夫だよ」アリサが答える前に、ディランが言った。

私はいやよ、という思いをこめ、アリサはひそかにディランをにらんだが、すぐに深々とため息をついた。エイミーは子供たちを置いていくことで、明らかに神経過敏になっている。アリサは、これ以上、エイミーの心の負担を増やしたくなかった。「大丈夫、うまくやれるわ」

スーツケースを持ったジャスティンが、車のキーをじゃらじゃら鳴らしながらのんびり居間に入ってきた。満面に笑みを浮かべて、ディランと握手をする。「おまえのベリーズのコンドミニアムでのんびり骨休めだ。恩に着るよ」

「どういたしまして」ディランは言った。

ニックとジェレミーが、ジャスティンとエイミーめがけて走ってきた。「僕たち、馬に乗るんだよ」ニックが言った。

エミリーも弟たちを追ってきた。

エイミーは子供たちの目の前にひざまずいた。

「楽しいことがたくさんあるわよ」彼女は言った。「アリサとディランの言うことをよく聞いてね。きょうだい喧嘩《げんか》はだめよ」そう言って、子供たち一人一人をぎゅっと抱きしめる。「すぐに帰ってくるから」

「いつ帰ってくるの？」エミリーがきいた。

小さな女の子の不安そうな声を聞いて、アリサはまた胸がつまった。子供たちは交通事故で両親を同時に亡くし、途方もない悲しみを味わってきたのだ。

「月曜日よ」エイミーは答え、エミリーの髪を撫《な》でた。「いつでも電話してちょうだい。ディランが電話番号を知っているから。アリサのお手伝いをしてね、いい？」

エミリーはうなずき、エイミーの首にしがみついた。ジェレミーが戻ってきて、ふたたびエイミーに抱きつく。「次のハネムーンはいっしょに行ける？」彼はきいた。

エイミーの目にみるみる涙があふれた。「今度は家族みんなで行きましょう」

このままではエイミーも子供たちも泣きだして収拾がつかなくなる、とアリサは感じた。それだけはなんとしても避けなければ。「クッキーの味見をしてくれる人はいないかしら？」アリサは言った。「まだレシピに自信がないのよ」

ジェレミーがアリサの目の前に飛び出してきた。

「僕がやる」

「僕も」ニックも声を張りあげ、急いでジャスティンに抱きついてから、アリサのあとについてキッチンへ向かった。

ディランがこっそりジャスティンとエイミーを玄関から送り出し、留守番組の週末が始まった。サンドイッチとクッキーのランチのあと、子供たちは裏庭で遊び、アリサはキッチンであと片づけをした。ディランがごみを捨てにキッチンに入ってきた。

「あなたが子供好きとは知らなかったわ」アリサはディランに言った。

ディランは彼女と視線を合わせた。「当然だろう？　僕もかつては子供だったんだから」

「それにしては、自分の子供はいないのね」

「結婚もしていないのに、いるわけないじゃないか」気色ばんで言ったものの、ディランはすぐに首を振り、指先でアリサの鼻の頭をかすめた。「僕について、君が知らないことは数限りなくあるんだよ、アリサ。長い間、僕のことは気にもかけていなかったんだから」

驚いたことに、アリサの胸はちくりと痛み、なにを見落としたのだろうと考えずにはいられなかった。

「今の君は十八歳の少女だったころと同じかい?」

ディランが低い声で尋ねた。

アリサはすかさず首を振った。「いいえ」

「僕も八年前の僕とは違う」

なるほど、彼の言っていることは正しい。そうは思ったが、アリサはそのことについて、今はもう考えたくなかった。「子供たちのようすを見てこなければ」アリサは言い、子供たちが遊んでいる裏庭に出ていった。しばらくして、アリサとディランは子供たちをトイレに行かせてから車に乗せ、ディランの屋敷に向かった。

厩舎《きゅうしゃ》へ行くと、メグ・ウィンターズがすでに馬に鞍《くら》をつけて待っていた。子供たちは馬を一目見るなり、その大きさに圧倒されてしまった。

「すっごく大きいんだね」目をまるくしてサー・ギャラハッドを見ながら、ジェレミーが言った。

ニックがうなずいた。「すごく背が高い。僕、もっと小さいのに乗りたい」

双子たちはおじけづいていた。エミリーはあとずさり、見ているだけでいいと言いだす始末だ。

メグ・ウィンターズはにっこりした。「馬は、体は大きいけれど、やさしいのよ。さあ、サー・ギャラハッドを紹介するから、いらっしゃい」

メグにうながされ、りんごを与えるうちに、ニックはすっかり馬に慣れ、サー・ギャラハッドにまたがって短い乗馬を楽しんだ。けれども、ジェレミーはまだしぶっている。

アリサはジェレミーの小さな肩を抱いて言った。

「あなたは乗りたくないの?」

「だって、すごく大きいんだもん。落ちちゃったらどうするの?」

アリサはジェレミーを励ますように肩を抱く手に力をこめた。「落ちないようにしてあげるわ。私がずっとそばにいるっていうのはどう？」

ジェレミーがうなずくのを見て、ディランは彼をサー・ギャラハッドにまたがらせた。アリサはサー・ギャラハッドの手綱をとって、ゆっくり牧草地を歩かせてから、厩舎に戻った。

エミリーは、小さな顔にあこがれと不安の入りまじった表情を浮かべていた。ディランが彼女の耳元でなにかささやいている。エミリーが恥ずかしそうにうなずくと、ディランは雌馬にまたがり、メグがエミリーを抱きあげてディランと同じ鞍にまたがらせた。

「エミリーがディランと馬に乗ってる」ニックが興奮して声を張りあげた。「僕もディランと乗りたいよ」

アリサは、ディランがそっとエミリーをかかえるようにして鞍にまたがり、手綱を握っている彼女の小さな手を包みこんでいるのを見ていた。ディランは低く励ますような声でエミリーに話しかけている。

そんな二人の姿を、アリサはうっとりと見つめていた。私がなにかにおびえたときも、彼は今と同じ励ますような声で話しかけてくれたわ。アリサは胸がいっぱいになった。ディランの子供はどんな子たちだろう？ 彼に似て、冒険好きかしら？ 彼の息子も、笑顔で女の子たちを熱狂させるのかしら？

ディランの奥さんはどんな女性だろう？ アリサはふと思ったが、彼がだれかと結婚すると考えただけで気持ちは沈んだ。彼の奥さんはお金がめあてではなく、ちゃんと彼の本質を見てくれるかしら？

私ったら、どうしてそんなことを気にしているの？アリサはとまどい、私はディランに浮気をされるような女なのだから、そんなことは気にする必要はないのだと自分に言い聞かせた。

乗馬のあと、ディランとアリサは子供たちを屋敷内のプールで遊ばせた。元気がありあまっている子供たちからは、一瞬たりとも目が離せなかった。さらに、子供たちはトントと遊び、夕食にはディランがハンバーガーを作った。夕日が沈むころ、一行は家に戻った。風呂から出てきた子供たちはすっかりくたびれ果てたようすで、そのままベッドにもぐりこんだ。

アリサも今にも眠りこんでしまいそうだった。とりあえず、居間のソファに横たわって目を閉じた。冷蔵庫からビールをとってきたディランがアリサの足を持ちあげ、ソファの端に座った。

「まだ初日なのよね」アリサは言った。「あんな小さな体に、よくあれだけのエネルギーがたまっているものだわ」

「しかも、今日、僕たちが彼らに付き合ったのは半日だ」

「エイミーは教師の仕事をしながら、家では子供たちの面倒も見ているのよ」信じられないという口調でアリサは言った。「でも、そうやって仕事と家事を両立させている女性はおおぜいいるわ」

ディランが言った。「そろそろ帰ろうかな」

アリサは目を開け、まじまじとディランを見た。

「帰るなんて、嘘《うそ》でしょう？」

ディランは肩をすくめ、ごくりとビールを飲んだ。

「だって、君は、一人で子供たちの面倒を見たいって言ったじゃないか」

アリサはこれから三日間、一人で子供たちの相手をしている自分を想像し、とても無理だと思った。

「ちょっと結論を急ぎすぎたかもしれないわ」

「ほんとうに？　それはつまり、僕が必要だということ？」

アリサはソファに体を起こし、膝をかかえた。

「今回のケースでは、大人は一人より二人いたほうがいい、ということよ」

「たとえ、相手が僕でも」ディランはアリサの代わりにあとを続けた。

アリサは軽くディランをにらんだ。「ちょうどいい機会だから言うけれど、今日、エミリーといっしょにいるあなたを見て、私、ほんとうに驚いたわ。あなたの彼女に対する態度、すばらしかった」

「女性経験は豊富なんだ。君に驚かれるなんて、僕こそ驚いてしまう」

「そういう意味で言ったんじゃないわ。あなた、エミリーを心から気づかって、とてもやさしくしていた。私がまだ小さかったころ、あなたにやさしくしてもらったことを思い出したわ」

アリサはディランに手を差し伸べはしなかったが、そうしたい気分だった。ディランもアリサに触れなかったが、彼女には彼がそうしたがっているのがわかった。

「相手が君だから、やさしくするのは簡単だった」

ディランのその一言を聞き、彼の目の表情を見て、アリサの心はゆれた。一瞬のうちに二人は、幼いころの共通の思い出と、口にできない感情を分かち合った。

「今日の僕たちはいいコンビだったろう？」ディランは言い、ぐいとビールを飲みほした。それから立ちあがり、扉に向かって歩きだす。

アリサはうなずいた。不思議なことに、彼には立ち去ってほしくなかったが、このままここにいるようにと口にするのは気が引けた。「いいコンビだったわ」

「僕は寝ることにするよ」ディランは言い、アリサの目を見つめた。「いいかい、今夜、僕のことを考えてはいけないよ」

ディランの忠告は、ガソリンの海に放たれたマッチの炎も同然だった。アリサはたちまち悩ましい記憶に圧倒され、ディランに抱かれ、彼と愛を交わすのがどんなことかまざまざと思い出した。ひどい人。

どうしても私の思い出の小箱におさまってはくれないのね。

土曜日は雨降りだった。ディランは、アリサが自分のバッグから次々と魔法の道具を取り出すのを見ていた。本、ゲーム、フィンガーペインティングの道具、さらに本。しかし、午後になって子供たちがぐずりだすと、アリサはもうお手上げと言いたそうな視線をディランに向けた。

「テレビを見せればいい」ディランはわざと重々しい口調で言った。「最近の子供たちは本ばかり読まされて、満足にテレビも見られないんだ」

アリサがくすっと笑うのを聞いて、ディランはなんとも言えず心がなごむのを感じた。彼女に触れたいという衝動はなんとか抑えこんだが、もう我慢するのはうんざりだった。

「テレビを見せるのは最後の最後よ。さあ、みんな、古いテニスシューズをはいて」アリサは子供たちに言った。

「なにをたくらんでいるんだ？」ディランはきいた。

アリサは謎《なぞ》めいた笑みを浮かべた。「雨の日はこれしかないっていうことよ」

「雨の中、ばしゃばしゃ水たまりを踏んで歩くつもりだな。洗濯が大変だぞ」

「不機嫌な子供たちの相手をするより、洗濯でくたくたになるほうがましだわ。でも、雨に濡《ぬ》れるのがいやなら、あなたはうちに残っていいわよ」挑むような目をして言われ、ディランはそのままアリサを肩にかついで家に連れて帰りたくなった。いつかきっと、と彼は自分に誓った。いつかきっと、そうしてやる。

夕食をすませ、ディズニー映画を一本見ると、ニックとエミリーはすぐに眠くなって、おとなしくベッドに入った。ところが、アリサが四冊目の本を読みおえてもまだ、ジェレミーは目をきらきらさせている。

「寝る時間にはいつも、なにをするの？」アリサは声をひそめ、ジェレミーに尋ねた。

「寝るよ」

アリサが目をまるくしているのを見て、ディランは含み笑いをもらした。

「なかなか眠れないときは、なにをするの？」

「歌を聴くんだ」ジェレミーが言った。「《壁に九十九本のビール》とか」

「《壁に九十九本のビール》？」

ジェレミーがうなずく。「ジャスティンが歌ってくれるんだよ」

アリサはディランを見た。最初はぽかんとしていたディランだったが、やがて彼女がなにを考えているのかわかって、首を振った。「ぜったいにいやだ」声をひそめて強い調子で言う。

「でも、ジェレミーは男の人の声に慣れているから」うれしそうにアリサは言った。

「君が声を低くして歌えばいい」

「羊を数えるのと同じ要領よ」アリサは言った。

「それにメロディーをつければいいだけ」

ディランはうめき声をあげ、ジェレミーのベッドに近づいて床に座った。そして、少年のぱっちりした目をのぞきこんだ。「言っておくが、歌は得意じゃないんだ」

ジェレミーはディランの頭を撫でた。「大丈夫。ジャスティンもあまり上手じゃないんだ。だから、僕はすぐに眠れるんだよ」

ジェレミーに励まされ、アリサにくすくす笑われながら、ディランは《壁に九十九本のビール》を歌いはじめた。やがて、〝壁に七十三本のビール〟と歌いおえたところで、ジェレミーはすやすやと眠りはじめた。

ディランがアリサと目を合わせると、彼女はジェレミーの額にキスをして立ちあがり、扉のほうへ顎をしゃくった。二人は子供たちの寝室を出て、ほぼ同時に安堵《あんど》のため息をついた。

「私、嘘はつけないたちなの。感動したわ」アリサは言った。

「歌ったのは、自分のためかもしれない」ディランは彼女に言った。「ジェレミーが眠れば、僕も眠れるからね」

ほんとうかしら？　尋ねるような目でディランを見てから、アリサは彼に近づいた。「そうかもしれないけれど、ジェレミーに子守り歌を歌っているあなた、すてきだった」

「どのくらいすてきだった？」

「とても。なぜ？」

「だったら、もう一度〝壁に七十三本のビール〟まで歌ったら、おやすみのキスをしてくれるかい？」

アリサはぎょっとしたような顔をした。「〝壁に七十三本のビール〟を歌わないって約束してくれたら、おやすみのキスをしてあげるわ」

「約束する」ディランは言い、頭を下げた。

アリサは顔を傾け、ディランの頬に軽くついばむようなキスをした。彼はなにも言わなかった。ただアリサの目を見つめた。彼女の目にはさまざまな感情が宿っていた。恋慕、あこがれ、疑念。ああ、とディランは心の中でうめいた。君の目に疑念さえ浮かんでいなければどんなにいいだろう。

ゆっくりと、アリサがディランの唇に唇を近づけ、彼にはそれが自分に与えられるもっとも喜ばしいプレゼントだとわかった。アリサから完全には信頼されていないかと思うと、やりきれなさに焼きごてを押しつけられているような気がする。しかし、彼女は彼を求める気持ちを否定してはいない。

思いのままにアリサを求め、むさぼりたいという衝動を制して、ディランは穏やかなキスをした。

ついアリサに触れそうになり、ディランは両手の拳《こぶし》を握り締めた。その身を彼女に押しつけて感触を味わいたいと、体は声を限りにわめいていたが、理性で抑えつけた。アリサが小さくため息をつくのが聞こえ、欲望は痛いほどつのったが、彼はもう一度、軽く唇で彼女の唇をかすめてから、体を引いた。

アリサは大きく息を吸いこみ、ディランの味をもう一度味わうように舌なめずりをした。その無意識の悩ましいしぐさに、ディランはもう少しで自分を見失いそうになった。「おやすみ、アリサ」彼女を肩にかついでベッドへ運ぶ代わりに、彼は言った。「おやすみなさい、ディラン」アリサはつぶやいてその場を離れ、なおも欲望に取りつかれているディランだけが居間に残された。

翌日は太陽が明るく輝き、アリサとディランはまた子供たちを彼の屋敷へ連れていき、乗馬、プール、トントと遊ぶ、というパターンを繰り返した。子供たちは元気いっぱいだったが、アリサには二人がジャスティンとエイミーを恋しがっているのがわかった。そこで、月曜日には二人が戻ってくるから、みんなで家の掃除をして、できればクッキーも焼いて迎えなければ、と話をした。夜までに、子供たちは自分の部屋を片づけ、朝になったらクッキーが焼けるように準備までした。

ディランが男の子たちにまた子守り歌を歌っている間、アリサはエミリーに本を読んで寝かしつけた。しばらくして、かすかに聞こえる甘美な音楽に引き寄せられるように階下に下りていくと、ディランが居間にいた。テーブルにはワインをついだグラスが二つ、置いてある。ソファに横たわったディランが、入っておいでと手招きをしている。「乾杯だ」彼はソファから立ちあがり、ワインのグラスを差し出した。「子供たちも僕たちも、無事に週末を乗りきったから」

　アリサは笑いながら同意し、ディランは自分のグラスを彼女のグラスにかちりとあてた。アリサはひんやりとしたワインに口をつけた。そのあまりのおいしさに、あっという間にグラスを空にしてしまった。

「もう一杯？」ディランがきいた。

　アリサは首を振った。「とてもおいしいけれど、一杯でじゅうぶんだわ」

「僕も二杯だけにしておく」ディランはグラスをテーブルに置き、アリサの目の前に立った。「踊ろう」

　不意を突かれて、アリサはなんと答えていいかわからなかった。

「この一曲だけ」ディランが言った。「昔から大好きなんだ、この曲」

　ディランに抱き寄せられ、アリサは自分の鼓動にかき消されそうな音楽に耳をすました。ギターとマンドリンの伴奏にのせて、言葉より態度で伝わる愛について女性が歌っている。

　アリサは、ディランの魅力に惑わされまいと必死だった。道理をわきまえ、分別を働かせようとしたが、彼のがっちりした腕に抱きすくめられていると、なんともいえず安らかな気持ちになってくる。なじみのある彼の香りに、なまめかしい思いをかきたてられる。アリサは目を閉じた。穏やかな音楽とたくましい男性に包まれ、一瞬、自分がなくなると同時に、悩みも消えたような気がした。

「今度の週末は、いっしょにベリーズへ行こう」ディランがアリサの耳元でささやいた。

　アリサはぎょっとして目を開けた。「なんですって？」

「いっしょにベリーズへ行こう。君と二人きりになりたいんだ」

アリサの心臓は口から飛び出しそうなほど激しく打った。またディランと冒険ができるんだわ。いっしょに行きたい。彼と二人きりになりたい。そのとき、アリサはふいに疑念と痛みにつらぬかれた。彼を信じて、また裏切られたらどうするの？　自分の気持ちに正直になって、また傷ついたらどうするの？

「行けないわ」アリサはようやく言い、ディランから体を引いた。彼を傷つけているかと思うと、たまらない気持ちだった。「私、いろいろなことをまかせられるくらい、あなたを信頼しているわ。私自身もまかせることができたら、どんなにいいか」

12

ディランからの誘いは絶えずアリサの頭の片隅にあって、魅惑的な光を放ちつづけていた。ジャスティンとエイミーが見るからにリフレッシュして旅行から戻り、ディランと離れてからもなお、アリサはベリーズへいっしょに行こうと誘われたことばかり考えていた。

その週ずっと、アリサは分別と疑念の間をゆれ動いていた。何年も前に、ディランが女子大生といっしょにいるところを見たときのショックをわざと思い返してもみた。けれども、どういうわけか、以前ほど簡単には、つらい思いや裏切られたという思いを持続できなかった。

金曜日になっても、アリサはまだ心を決めかねていた。ディランがベリーズへ出発すると言っていた時刻には、時計を見つめていた。彼はいっしょに来てほしいと言っていたが、アリサがいっしょでも、そうでなくても、ベリーズへは行くと言っていた。

アリサは、ディランが飛行機に乗りこみ、座席についてシートベルトを締めるのが見えるような気がした。一人旅の彼に客室乗務員たちは愛想を振りまくに違いないと、暗い気持ちで想像する。アリサの頭の中でエンジンの轟音《ごうおん》が鳴り響き、彼を乗せた飛行機が大空へ舞いあがるのが見えた。

そのとき、電話のベルが鳴って、アリサの鼓動は速まった。ディランなの？　ひったくるように受話器を手にする。「もしもし？」

「アリサ、ママよ。いつになったら元気な顔を見せに来てくれるの？」

アリサはため息をのみこんだ。二週間前に母親がヨーロッパとロシアへの旅行から戻って以来、連絡を取り合っていた。娘が交通事故にあったと聞いて母親はびっくり仰天し、すぐにでも元気な姿を見に行きたいと言ったが、アリサはまだしばらく時間が欲しかった。「もうすぐよ、ママ。たぶん、次の週末には会いに行くわ」

「この週末ではだめなの？　労働者の日《レイバー・デー》があるから、月曜日もお休みのはずよ」

「ええ。でも、無理に遠出をして、頭が痛くなってもいやだから。ルイスは元気？」アリサは義理の父親のことをきいた。

「高血圧の薬をのんでいるから、調子はいいわ」母親はいったん言葉を切ってから続けた。「アリサ、詮索《せんさく》するつもりはないけれど、あなた、元気がないみたい」

アリサは悲しそうにほほえんだ。彼女と母親との関係はいつも良好とは言いがたかったが、それでも、母親に隠しごとをするのは至難の業だった。「私、いっしょにベリーズへ行こうってディランに誘われたの」

「まあ」とんでもない話だと言いたげな声だった。

「断ったけれど」

「それは賢明だわ。あなたは大変な目にあったんだし、今も本調子とは言えないんだもの。それに、ディランは信用ならない人よ」

アリサはむっとして言った。「事故のあと、彼にはほんとうによくしてもらったのよ。毎日、お見舞いに来てくれて、退院後も彼の家でゆっくり療養すればいいって勧めてくれたのよ」

「それは知っているけれど、この先、彼がなにをしでかすかは、だれにもわからないわ」

母親の疑念はそっくりそのままアリサの思いでもあった。だが、彼女はディランを弁護せずにはいられなかった。「彼はいい人よ。いろいろな面で成長もしたし」

「あなたの気持ちをずたずたにした人なのよ」母親は娘に思い出させた。

アリサはなじみ深い胸の痛みを感じたが、以前のように、かわいそうな自分に酔う気にはなれなかった。「彼は私を傷つけたけれど、それは過去の話よ。何年も前のことなの」

「でも、あなたにはもっときちんとした男性がふさわしいの」

「そういう言い方、鼻持ちならないわ」

母親は聞こえよがしにため息をついた。『あなたがあのまま結婚してくれていたら……」

「あの人のことは結婚するほど求めてはいなかったのよ」アリサは言い、続く言葉をのみこんだ。あのときの婚約者は求めていなかったけれど、今の私はディランを求めているの。「もう切るわね。また電話するわ。いい？」

「あなたの顔が見たいのよ」母親は言った。

「すぐに会いに行くわ」アリサは約束し、電話を切った。考え方のしっかりしているだれかと話がしたい。ディランを嫌ってはいないけれど、彼にも欠点はあると理解しているだれかと。アリサはちらりと時計に目をやり、この時間ではケイトもエイミーも家族の世話で忙しいだろうと思った。明日、会えないかどうかきいてみよう。そして、まずエイミーに電話をした。エイミーはアリサの悩みの深さに気づいたに違いない。その夜のうちに近くのバーで会わないかと言ってくれた。

待ち合わせのバーに入っていったアリサは、エイミーといっしょにケイトがいるのを見て、驚いた。

「女たちの夜、よ」こぼれんばかりの笑みを浮かべてエイミーが言った。

「家族がいるのに、金曜日の夜に出てきてもらったりして、申し訳ないわ」アリサは言った。

「気にしないで」ケイトが応じる。「パパたちは子供たちにＤＶＤを見せて、自分たちはほかの部屋でブレーブスの試合を見て楽しんでいるはずよ。今夜は、エイミーが夕食を作って、私たち一家を招待してくれていたの」

「あなたも招待しようと思ったんだけれど、ひょっとしたらベリーズへ行ったかもしれないと思って」エイミーは言い、尋ねるように眉を上げた。「少し酔っぱらったほうがいい？　それとも、すぐにでも話したい気分？」

「これ以上はっきりした頭でいなければならないときがあるかしら？」アリサは言った。

「わかったわ。私はコスモポリタンを注文するわね」エイミーは言い、椅子の背に体をあずけた。

「じゃあ、あなたがベリーズではなくてセントオールバンズにいる理由から聞かせてもらいましょう。個人的経験から、ベリーズはほんとうにすばらしいところだって保証できるんだけれど」

　緊張と不安感から、アリサは髪を耳にかけた。

「私、ディランについてどうしていいのかわからないの」

「彼を愛しているの？」ケイトがきいた。

「ええ」

　ケイトは目をぱちくりさせ、それからほほえんだ。

「もう飛行機の時間は確認した？」

「愛しているって、彼は一度も言ってくれたことがないのよ」アリサは打ち明けた。

　エイミーは目をまるくした。「なるほど。それは言葉にして言わない、ということ？」

「どういう意味？」

「つまり、ディランはあなたに愛しているって言葉にして言ったことはないかもしれないけれど、彼がしていることは、あなたを愛しているって叫んでいるのも同然だわ」

　アリサはしばらくなにも言わず、エイミーの口にしたことをじっくり考えた。

　ケイトがアリサのほうに身を乗り出した。「あの人たち、見たところは自信にあふれているし、社会的にも成功をおさめているから、私たち、幼いころの彼らに頼れる人がいなかったということをついつい忘れてしまうの。それに彼らは、自分たちの人生で、将来の約束がきちんと果たされるのを見たことがないから、人と深くかかわって責任を持つことがこわいのよ」

「私も彼を信じるのがこわいの」アリサは打ち明けた。

　ケイトは思いやりをこめてアリサを見た。「でも、あなたは彼を愛している。それで、あなたはどうしているわけ？」

「自分の身を守って、彼との距離をおいて、彼を忘れようとしているわ」アリサは言ったが、その一つとして、うまくできていないのはわかっていた。ディランのいない人生を送りたいと思っているのかさえ、よくわからない。いや、そう考えただけで、自分の大部分が切り取られてしまうような気がする。

「彼と分かち合っているものを一人で手に入れたり、もっといいものを、ほかのだれかと分かち合えると思う？」ケイトが尋ねた。

　アリサはしばらく考えこんでいたが、答えはわかりきっていた。「いいえ。私、飛行機の時間を確かめるべきよね？」

　エイミーはうなずいた。「私も、ジャスティンへの自分の思いが恐ろしくてたまらなくて、彼から逃げ出したのよ。それで、最後に彼の胸に飛びこんだら、恐怖心は跡形もなく消えてしまったわ」

　翌朝、アリサは心臓が口から飛び出しそうなほどどきどきしながら、五時半というとんでもない時刻に飛び立つ飛行機に乗りこんだ。その後、三度、乗り換えをして、ベリーズのアンバー・グリス・カイエ島に降り立った。

　空港はどこを見てもカップルだらけで、アリサはふと、ディランも一人ではないかもしれないという恐ろしい思いに取りつかれた。しかし、そんな思いを振りはらい、今回の旅はいちかばちかの賭《かけ》であり、私自身が望んでやってきたのだから、と自分を励ました。それでも、神経が張りつめる。アリサはディランのコンドミニアムの住所を書いたメモを握り締め、ちっぽけな空港で借りたゴルフカートに乗って舗装していないがたがたの道を進み、やっとのことで目的地にたどり着いた。その建物は白壁に赤い屋根の二階建てで、庭も建物も手入れが行き届いていた。ブーゲンビリアが咲き誇っている。穏やかな潮風はアリサを海へ誘うようだ。彼女は浜辺にディランをさがしに行くことにした。

ディランは三本目のビールを飲みほしてボトルを置き、ラウンジチェアに体をあずけた。ベリーズの潮風は世界一だ。心の傷を癒《いや》してくれるし、運がよければ、この頭の中からアリサへの思いを吹き飛ばしてくれるかもしれない。彼女のことを思うたび、胸が痛む。彼はゆっくりと目を閉じた。

「ここに一人でいるのかどうか、それだけ教えて」

女性の声が聞こえた。

アリサの声だ。空耳か。ディランは首を振った。重症だな。こうやって気持ちを癒す旅は、自分で思っていた以上に必要だったようだ。

「ここに一人でいるのかどうか、それだけ教えてほしいって言っているのに。ベリーズシティへ戻る飛行機は、日が暮れると飛ばないって聞いたから」

ディランが目を開けると、ラウンジチェアの足元にアリサが立っていた。片手にスーツケースを持ち、自分では気づいていないかもしれないが、もう一方の手でディランの心をわしづかみにしていた。ディランは目をしばたたいた。「幻影なら、ベイビー、しゃべりつづけてくれ」そう言って、ラウンジチェアから立ちあがる。

「幻影じゃないわ。私、本物よ」そして、アリサは言い添えた。「とてもおびえているの」

ディランは首を振った。「やめてくれ。僕におびえないでくれ」彼はアリサを腕にかき抱いたが、彼女がやってきたことが信じられない思いだった。

「いつ気が変わったんだ？」

「母と言い争って、あなたがどんなにいい人になったか伝えたときよ」

ディランは胸がつまって、うまく息ができなかった。言葉も出ない。

「そのあと、あなたは私の災いのもとじゃなくて、私を救ってくれる人だと気づいたの。私、まだトントのスケッチが描《か》けないのよ。あなたをスケッチするのに、紙を使い果たしてしまったから。私、自分の心からあなたを追いはらっているつもりでいたの」

ディランはいったん体を引き、アリサの涙でうるむ目を見つめた。「でも、そうじゃなかった」

「ええ。私の心は、どんなにあなたを愛しているか、必死で訴えていたの。あなたは、私にとってすべてだわ。あなた一人で、私の兄であり、友であり、保護者であり、恋人なの」

「なんてことだ」ありえないとばかりに、ディランはつぶやいた。見果てぬ夢であったはずのアリサが、こうして現実のものになるなんて。ディランの目にも涙があふれた。「なんてことだ」彼にはそれしか言えなかった。

ディランはアリサの唇に唇を重ねた。触れ合う頬に二人の涙がまじり合う。涙のしょっぱさを感じながら、これから死ぬまでアリサという女性を味わいつづけたいとディランは思った。すると突然、彼女を腕に抱いているだけでは我慢できなくなった。ディランはアリサを抱きあげ、コンドミニアムへ向かった。肩で扉を押し開け、ふたたび彼女にキスをしながら玄関に入り、そのまま扉を蹴《け》って閉める。

伝えたいことは山ほどあって、言葉にならない。永遠にあなたといっしょにいたいと言わんばかりのアリサのキスを味わいながら、ディランは今にも爆発しそうな欲望が体中にとどろくのを感じた。二人とも寝室へ行くまで待てなかった。ディランはアリサの服を脱がせ、彼女は彼が水着を脱ぐのを手伝った。アリサの性急さに、ディランの欲望はさらにつのった。

「愛しているよ、アリサ」彼女をソファに横たえ、ディランは言った。「僕は永遠に君のすべてでありつづけたい」

アリサのかわいい顔を見つめ、疑念のかけらも感じられない視線に視線をからませながら、ディランは彼女に体を重ね、愛の告白を完全なものにした。


　二カ月後、ディランとアリサは、すべての始まりだった〈グレインジャー少年の家〉の教会で結婚式を挙げた。ジャスティンとエイミーと子供たち、マイケルとケイトと赤ん坊のミシェルも参列した。全員が幸福感に酔っていた。アリサの母親さえ、義理の息子としてディランを受け入れた。二人が永遠の愛を誓ったあと、参列者はホテルに移動して、豪華な披露宴が始まった。

　食事とダンスのあと、新婦のアリサがほうり投げたブーケはホラス・ジェンキンズの手の中に落ちた。有能な研究員はまごつき、どうしていいのかわからないようすだった。

　披露宴の間に、ディランはこっそりアリサを会場から連れ出してリネン室に閉じこもった。アリサは棚に積みあげられたリネンを見て、くすくす笑いだした。「私になにか話したいことがあるの？」

「そうなんだ。今日という日は、僕にとってまさに奇跡だと言いたかった」ディランは言った。「永遠に僕のそばにいると誓うほど僕を愛してくれる人が、やっと現れたんだから」

　感激して、アリサは胸がつまった。彼に与えたいものはまだまだ数えきれないほどある。「じゃあ、私は世界で一番運のいい人間ね？」

　こみあげる涙できらきら目を輝かせ、ディランはアリサの顔の前で人差し指を振った。「だめだよ、そんなことをしては」

「そんなことって？」

「今は僕の番だから。どんなに君を愛しているか、僕にとって君がどれほど大切な存在か、それを伝えるのは」

「まあ」アリサは声をあげ、ディランの頬に触れた。

「私の番はいつめぐってくるの？」

「今夜、君のベッドで。僕がいつか見た黒いシルクのテディを身につけてから」

アリサはほほえんだ。二人は何度かアリサのベッドで愛を交わしていたが、ディランは結婚式の夜も彼女のベッドで過ごしたいと言って、あとに引かなかったのだ。「だったら、どんなにあなたを愛しているか、しばらく口にしてはいけないということ？」

「まさか」ディランは言い、アリサを抱き寄せた。

「ずっと言いつづけてほしい。僕も言いつづけるよ」

ハーレクイン®

ハーレクイン・ディザイア　2002年6月刊（D-942）

あなたの記憶
2024年7月5日発行

著　　者	リアン・バンクス
訳　　者	寺尾なつ子（てらお　なつこ）
発 行 人	鈴木幸辰
発 行 所	株式会社ハーパーコリンズ・ジャパン 東京都千代田区大手町 1-5-1 電話 04-2951-2000（注文） 0570-008091（読者ｻｰﾋﾞｽ係）
印刷・製本	大日本印刷株式会社 東京都新宿区市谷加賀町 1-1-1

ISBN978-4-596-63554-9 C0297

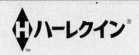

ハーレクイン・シリーズ 7月5日刊 発売中

ハーレクイン・ロマンス
愛の激しさを知る

秘書は秘密の代理母	ダニー・コリンズ／岬　一花 訳	R-3885
無垢な義妹の花婿探し 《純潔のシンデレラ》	ロレイン・ホール／悠木美桜 訳	R-3886
あなたの記憶 《伝説の名作選》	リアン・バンクス／寺尾なつ子 訳	R-3887
愛は喧嘩の後で 《伝説の名作選》	ヘレン・ビアンチン／平江まゆみ 訳	R-3888

ハーレクイン・イマージュ
ピュアな思いに満たされる

捨てられた聖母と秘密の子	トレイシー・ダグラス／仁嶋いずる 訳	I-2809
言葉はいらない 《至福の名作選》	エマ・ゴールドリック／橘高弓枝 訳	I-2810

ハーレクイン・マスターピース
世界に愛された作家たち
～永久不滅の銘作コレクション～

あなただけを愛してた 《特選ペニー・ジョーダン》	ペニー・ジョーダン／高木晶子 訳	MP-97

ハーレクイン・ヒストリカル・スペシャル
華やかなりし時代へ誘う

男爵と売れ残りの花嫁	ジュリア・ジャスティス／高山　恵 訳	PHS-330
マリアの決断	マーゴ・マグワイア／すなみ　翔 訳	PHS-331

ハーレクイン・プレゼンツ作家シリーズ別冊
魅惑のテーマが光る
極上セレクション

蔑まれた純情	ダイアナ・パーマー／柳　まゆこ 訳	PB-388

※予告なく発売日・刊行タイトルが変更になる場合がございます。ご了承ください。

7月12日発売 ハーレクイン・シリーズ 7月20日刊

ハーレクイン・ロマンス

愛の激しさを知る

夫を愛しすぎたウエイトレス	ロージー・マクスウェル／柚野木　菫 訳	R-388
一夜の子を隠して花嫁は《純潔のシンデレラ》	ジェニー・ルーカス／上田なつき 訳	R-389
完全なる結婚《伝説の名作選》	ルーシー・モンロー／有沢瞳子 訳	R-389
いとしき悪魔のキス《伝説の名作選》	アニー・ウエスト／槙　由子 訳	R-389

ハーレクイン・イマージュ

ピュアな思いに満たされる

小さな命、ゆずれぬ愛	リンダ・グッドナイト／堺谷ますみ 訳	I-281
領主と無垢な恋人《至福の名作選》	マーガレット・ウェイ／柿原日出子 訳	I-281

ハーレクイン・マスターピース

世界に愛された作家たち
～永久不滅の銘作コレクション～

夏の気配《ベティ・ニールズ・コレクション》	ベティ・ニールズ／宮地　謙 訳	MP-9

ハーレクイン・プレゼンツ作家シリーズ別冊

魅惑のテーマが光る
極上セレクション

涙の手紙	キャロル・モーティマー／小長光弘美 訳	PB-38

ハーレクイン・スペシャル・アンソロジー

小さな愛のドラマを花束にして…

幸せを呼ぶキューピッド《スター作家傑作選》	リン・グレアム 他／春野ひろこ 他 訳	HPA-6

文庫サイズ作品のご案内

◆ハーレクイン文庫・・・・・・・・・・・・毎月1日刊行
◆ハーレクインSP文庫・・・・・・・・・・毎月15日刊行
◆mirabooks・・・・・・・・・・・・・・・・毎月15日刊行

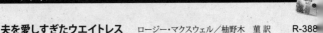

※文庫コーナーでお求めください。

今月のハーレクイン文庫

6月刊 好評発売中！

Harlequin 45th Anniversary

帯は1年間
"決め台詞"！

珠玉の名作本棚

「あなたの子と言えなくて」

マーガレット・ウェイ

7年前、恋人スザンナの父の策略にはめられて町を追放されたニック。今、彼は大富豪となって帰ってきた——スザンナが育てている6歳の娘が、自分の子とも知らずに。

（初版：R-1792）

「悪魔に捧げられた花嫁」

ヘレン・ビアンチン

兄の会社を救ってもらう条件として、美貌のギリシア系金融王リックから結婚を求められたリーサ。悩んだすえ応じるや、5年は離婚禁止と言われ、容赦なく唇を奪われた！

（初版：R-2509）

「秘密のまま別れて」

リン・グレアム

ギリシア富豪クリストに突然捨てられ、せめて妊娠したと伝えたかったのに電話さえ拒まれたエリン。3年後、一人で双子を育てるエリンの働くホテルに、彼が現れた！

（初版：R-2836）

「孤独なフィアンセ」

キャロル・モーティマー

魅惑の社長ジャロッドに片想い中の受付係ブルック。実らぬ恋と思っていたのに、なぜか二人の婚約が報道され、彼の婚約者役を演じることに。二人の仲は急進展して——!?

（初版：R-186）